川 藏单车行

CHUANZANG DANCHE XING

时代出版传媒股份有限公司
安徽文艺出版社

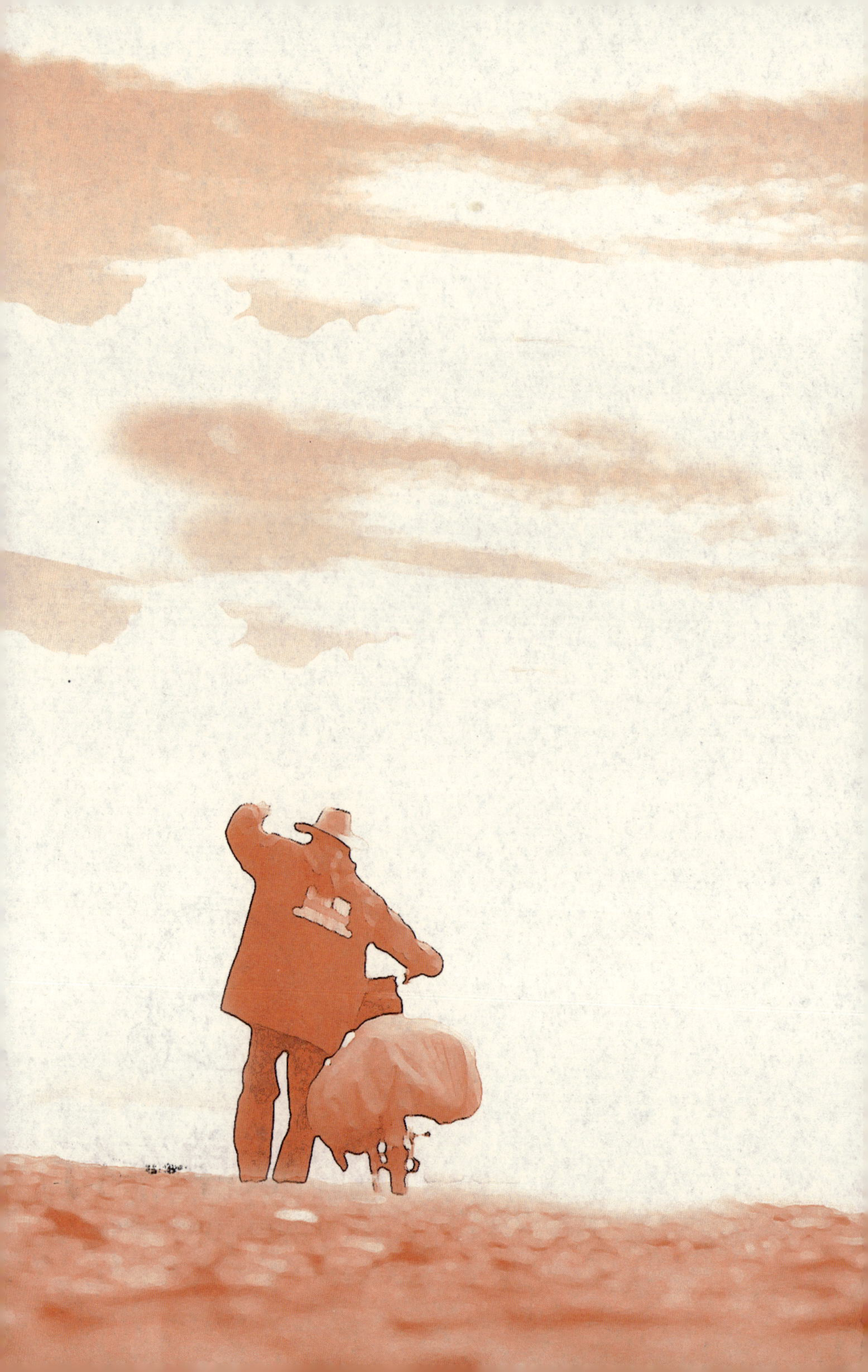

川藏单车行

丁 典 ◎ 著

CHUANZANG
DANCHE XING

时代出版传媒股份有限公司
安徽文艺出版社

图书在版编目(CIP)数据

川藏单车行/丁典著.—合肥:安徽文艺出版社,2015.9
(听风书系)
ISBN 978-7-5396-5443-0

Ⅰ.①川… Ⅱ.①丁… Ⅲ.①散文集-中国-当代
Ⅳ.①I267

中国版本图书馆 CIP 数据核字(2015)第 142377 号

出 版 人：朱寒冬	丛书策划：岑 杰
责任编辑：岑 杰 韩 露	装帧设计：徐 睿

出版发行：时代出版传媒股份有限公司　www.press-mart.com
　　　　　安徽文艺出版社　www.awpub.com
地　　址：合肥市翡翠路 1118 号　邮政编码：230071
营 销 部：(0551) 63533889
印　　制：安徽新华印刷股份有限公司　(0551)65859551

开本：880×1230　1/32　印张：8.375　字数：150 千字
版次：2015 年 9 月第 1 版　2015 年 9 月第 1 次印刷
定价：28.00 元

(如发现印装质量问题,影响阅读,请与出版社联系调换)

版权所有,侵权必究

目 录

序——三十年一回首

第一天　**出发**(吉林—长春—沈阳—秦皇岛) /001

第一天　号外篇——神交令狐冲 /005

第二天　**在车上** (邯郸—宝鸡) /007

第二天　号外篇——邯郸三记 /010

第三天　**夜过秦岭**(宝鸡—成都) /013

第三天　号外篇——管窥成都 /018

第四天　**初试锋芒**(成都—邛崃 72 公里) /025

第四天　号外篇——一曲凤求凰,千古文君酒 /030

第五天　**白日放歌须纵酒** (邛崃—雅安 75 公里) /034

第五天　号外篇——女色以及其他——从一邛二雅三成都说起 /040

第六天　**真正的开端**(雅安—新沟 89 公里) /042

第六天　号外篇——在病中 /047

第七天　**二郎山小试牛刀**（新沟—泸定 76 公里）/050

第七天　号外篇——小议飞夺泸定桥! /055

第八天　**大渡河畔急行军**(泸定—康定 49 公里）/064

第八天　号外篇——想了很多 /069

第九天　**跑马山下休整** /072

第九天　号外篇——伙伴 /079

第十天　**勇士试炼**(康定—新都桥 75 公里) /081

第十天　号外篇——川藏装备七武器 /087

第十一天　一个下坡王的诞生（新都桥—雅江 74 公里）/091

第十一天　号外篇——论美 /098

第十二天　阳关三叠之朝圣（雅江—119 道班 52 公里）/103

第十二天　号外篇——妄谈佛学 /110

第十三天　阳关三叠之天路（119 道班—理塘 110 公里）/115

第十三天　号外篇之二——论宗教 /124

第十四天　阳关三叠之夜奔（巴塘—理塘 170 公里）/128

第十四天　号外篇之三——论爱情 /135

第十五天　鹏城休整 /139

第十五天　号外篇——猪、猫、狼、马蜂的故事 /146

第十六天　进入藏区（巴塘—海通 80 公里）/148

第十六天　号外篇——无题 /156

第十七天　冷雨中（海通—芒康 25 公里）/158

第十七天　号外篇——川藏线上九大杀手 /164

第十八天　解脱（芒康—左贡 152 公里）/170

第十八天　号外篇——给朋友 /176

第十九天　左贡策反 /178

第十九天　号外篇——论教育—兼论中国教育 /183

第二十天　左贡休整 /185

第二十天　号外篇——流浪狗 /190

第二十一天　（左贡—邦达 110 公里）/191

第二十一天　号外篇——七个小矮人和一个小白 /197

第二十二天　怒江七十二拐（邦达—八宿 95 公里）/202

第二十二天　号外篇——信任 /209

第二十三天　艳遇之日（八宿—然乌 93 公里）/210

第二十三天　号外篇——人淡如菊 /216

第二十四天　美哉然乌 /220

第二十五天　最后一次骑行（然乌—波密 127 公里）/225

第二十五天　号外篇——九拍 /231

第二十六天　伤离别　（波密—八一）/234

第二十六天　号外篇——无脚鸟 /240

第二十七天　终点　八一拉萨 /242

第二十七天　号外篇——我是一条严冬的河 /247

第二十八天　不过如此　拉萨 /249

第二十八天　号外篇——如果你到了那里 /253

尾　　声 /254

序
——三十年一回首

奥运会来了，我三十岁了。有人说，岁月就像我们手中的沙，攥得越紧，流得越快，而偶尔留在指缝间熠熠发光的，就是叫记忆的东西。

当每一段时光远去，不知道我还能留有多少真实的记忆。

其实游记这东西，慢慢写也是好的，譬如历史，越久远的故事越完美，英雄越高大，恶人也恶得丰满。这大半是因为时间可以把记忆里的细枝末节冲得烟消云散，小半是因为距离远的历史受政治和主义的影响比较小，完全可以写得唯美一点。现在提起笔来回忆我的川藏之行，应该还不算太迟吧。

从改革开放到北京奥运，作为一个以生存为目的的人，很庆幸，我生活在一个盛世的大时代。

从东北山村到漂泊海南，作为一个体验过程的生命，作为满足自己各种生存欲望的奴隶，我成功地生存了三十年。但没有太大的悲喜沉浮，也没遭遇战争瘟乱，很遗憾，这三十年太过于平淡了。

三十年来，虽然偶尔会有隐隐的对死亡的恐惧和生命的质疑，但想想我不过是这个四维世界里，一个普通的三维生命，便觉得很释然。想想那些逐渐远离的星系、绚丽的射线和量子世界里神奇的力量，就越发觉得生命、思维和情感不过是这个物质世界产生的附带品，无足重轻也无关紧要。

我憎恨平淡如水、索然无味的生活。只有那些经历过风雨的人才有资格说平淡才是生活的真谛，这个世界上太多脑满肠肥的一辈子没走出温室却靠脸

一路上的七个伙伴，今天几乎都已娶妻生子，再看这张金沙江畔的合影，恍若隔世

上的胡子和皱纹道貌岸然地告诉别人要如何理想、如何奋发、如何生活的空谈家,他们都不过是民仓的硕鼠、误国的腐儒和表里不一的骗子。

所以从小时候起,我就对计划、总结、报告之类的东西憎恨到咬牙切齿,一方面我从来不喜欢下什么明天开始努力学习天天向上之类的决心——反正我了解自己——肯定是执行不了的;另一方面,我一直认为,人生是不可也不该去规划的,如果一切都去预见和规划,那么人生岂不是索然。

老祖宗说得好:"读万卷书,行万里路。"

于是,我上路了。

这个世界有很多收藏家。有人收藏古董,有人收藏邮票,有人收藏金钱,而我则在岁月里收藏痛苦。

出发前,带着多少有点"壮士一去不复还"的意思给所有的朋友打了电话,一个朋友给我发了个短信说"男人就该做一点让自己一辈子骄傲的事情",我顿时热泪盈眶——说实话,我没想过这事情能有多大的意义——我只是看到一些走过来的人在诉说如何艰难到濒死的地步,而我只是害怕自己就这样麻木地死去。

对我而言,追寻人生意义的旅程就像翻越一座山,既然注定不能死在山顶,就一定要倒在通往山顶的道路上。

三十年一回首,我也许还没有真正地生活过。

整理以前的文字,忽然发现自己写的一句话:"我们不能等到一生的尽头,才想起应该去远行!"已经不记得写这话的心境,但读过了,忽然有一种彻骨的忧伤。

对于过去了的岁月,我很怀念。

第一天　出发(吉林—长春—沈阳—秦皇岛)

7月15日　农历:六月二日　星期日
干支:丁亥年　丁未月　庚戌日

出　　发

在车轮上思索

向着离天空最近的金顶

去征服真正的高山大河

在风景中一路沉醉

在沉醉中一路放歌

原来我这一生只做了两件事

在生活里期待远行

在远行中品味生活

我的一生中都在出发与准备出发中度过。

——笔者

一路上照片最多的不是我和队友,而是这个最坚强的兄弟,它从不抱怨,只会一路向前

早上出门的时候,心里带着一种没有着落的恐慌。

十年没有骑过自行车,毫无野外生存经验,没有周密的锻炼计划,没有详细的线路研究,不知道未来的伙伴是什么样子——要是早知道召集人余老师是这个模样的棒槌,估计我立刻就退票了。从产生想法、下定决心到出发,短短十几天的准备时间,无论从装备上还是心理上,这种贸然上路的决定显然都是冲动和幼稚的。

不过我还是上路了。

吉林—沈阳—成都,3310公里。在我踏上火车那一刻,去往西藏的道路和登月的路线几乎是没有什么区别,没有区别并不意味着无知者无畏——其实我很害怕。

若干天后的左贡,队友问我为什么要来川藏线,我的回答是:"因为我害怕。"我害怕没有体力,害怕没有勇气,害怕高原反应,害怕抢劫的,害怕泥石流,害怕塌方,害怕藏獒……我害怕失去,害怕获得,害怕责任,害怕平凡,害怕麻木,害怕逃避……

我想面对自己的恐惧。

偶尔这么做的人是疯子,每天都这么生活的人据说才是真正地活着。

浑浑噩噩地生活的这三十多年里,我干过很多别人想过却没做过的事情。我知道很多人羡慕我的生活方式,就像我嫉妒他们的一样。其实每个人都不过是普通人,有同样的幸福和忧伤、同样的快乐和痛苦、同样的成功和失败、同样的善与恶。不会多,不会少,更不会特殊。

但我不愿意相信。

上了车,同车厢的是前往铁岭实习的一群学生,带队的老师年轻而热情,正在手忙脚乱地清点行李和人员。我找到了个独自的座位,放下我硕大的旅行包——邮政局的朋友送我的两个绿色的邮政包,托楼下修鞋的大叔给缝在了一起,再由广告公司的朋友们帮我打孔穿绳,事实证明,整个川藏线上真就没见到比我这对还帅的包——感受着这些二十左右的学生节日一样的欢乐,我的心情逐渐平静下来。

拜赵本山先生所赐,铁岭是个全国皆知的"大城市"。拜小品和二人转所赐,东北人和中国很多地方的人一样,被脸谱化。

在很多南方人眼里,东北人被刻画成代表粗糙和滑稽的典范式人物,而在北方人眼中,南方人大都是严重缺乏朴实感的奸猾者:河南似乎遍地都是骗子,江浙都是做假货的小商贩,上海人小气得会到桌子缝里舔芝麻吃……资讯越发达,流言和隔阂就越容易传播和夸大,浅薄的人都热衷于互相传染着对夸大的事物起哄——可悲的是我们都很浅薄。

人们面对仰视的事物,即便不了解,也会去理解或者是假装理解,比如外国的月亮和交响乐;而面对感觉比自己落后的事物,却从来都是主观地断言,

不愿意在合理的范围内去思考。这一点南方人、北方人、中国人、外国人都一样。

毛主席曾经说过："不调查研究就没有发言权！"

下午到达沈阳北站转车，坐在巨大的钟楼下，我重新审视着这个城市，这里曾经充满了我人生痛苦的回忆。七年前，我的表弟因急性再生障碍性贫血在这里就医，两个月后就离开了我们，我那时候还年轻，第一次经历生离死别——他也年轻，满心都是阳光，还不懂得生命的沉重，在这样一个时间离开这个世界也许是他的幸福和我们的不幸。

当一米八的阳光少年变成我手中惨白的骨灰撒进太子河的时候，我对这个世界的很多观念都改变了，我们潜意识里向往的惩恶扬善的因果是永远不会存在的，公平与合理也不过是人类自我安慰的一厢情愿。

"天地不仁，以万物为刍狗。"世界客观得让人在深夜里绝望，人类无论如何强大都不过是在大自然规则下的一种生物而已。我鄙视陆幼青和他的《死亡日记》，生命应该得到平和的足够的尊重，死亡人人都有，不是值得炫耀的东西。

车站是人生的一个舞台，每天只上演两出大戏——相聚和别离，而没有离别的痛苦，怎会有相聚的欢愉？其实我们每个人都在奢望能够得到更多的正面的幸福，而不愿意承认人生是平衡的，幸福和苦难永远相辅相成。

既不要奢求多，也不必奢求少，就像生与死一样，我们控制不了，也都无可逃，面对就是了。

18:00，我终于登上了前往成都的列车。

登上火车，一位高大的七十岁的老者只买到了上铺，我把自己的下铺让给了他，他四十多岁的儿子感激得满脸通红，其实真正高兴的人是我——帮助别人可以获得十倍于受益人的愉悦。

盯着头顶不足一米处的天棚，未来两天就在这里度过了。

第一天　号外篇——神交令狐冲

列车绕华山而过。

忽然想到,令狐兄此刻是在思过崖苦修,还是在瀑布前陪小师妹练剑,不由得悠然神往。

令狐冲是一个异类,作为一个文学作品的主角,他没有经过思想性格的成长和不断前进的心路历程,从一登场智斗田伯光到最后与任盈盈厮守终身,在无数纷繁曲折、辛苦磨难中,令狐冲一直是以一颗热情而又天真的赤子之心面对世事,从来不曾有半分改变。

令狐冲不是个"执着"的人。"执着"原本是佛语,讲人因为某种事情不能释怀。不知从什么时候起,它却成了一个褒义词。在金庸的小说世界里,如果说拿得起放得下的主角人物,除令狐冲外,不作他想。张无忌之流拿不起放不下,郭靖拿得起放不下,杨过拿得起装作能放下其实根本放不下。只有令狐冲,受伤、被桃谷六仙折腾、中毒、被囚、误练吸星大法……以他的经历和遭遇,作为一个常人难免会仇恨、憎怨、愤怒和忧郁,但是他对生活仍然是一片赤诚如故,因为他的性格说得不好听就是多少有点没心没肺;说得好听点就是胸襟豁达,生性开朗;说得直白点就是他可以"不在乎"。可以说,令狐冲真正做到了"无端加之而不怒"的大胸怀,但这种胸怀不是经历和文化积淀的成果,而是璞玉一样浑然天生的。

令狐冲说:"每个人到头来终究要死的,早死几年,迟死几年,也没多大分别。""不在乎"这三个字看似简单,实际有万钧之重,问世间有几个人能举重

若轻？

令狐冲是一个不懂爱情的人。小师妹移情（或许根本对令狐冲就没有男女之情，谈不上移）林平之，令狐冲虽然伤心到"但愿她将我忘得干干净净，我死之后，她眼泪也不流一滴"，但一旦有个任盈盈，他也就淡然了，可是有了任盈盈之后，在五岳盟主的争夺上他却任凭小师妹刺自己一剑险些丧命，全然不顾任盈盈的感受和担心。他明知道仪琳对他心有所系，而自己又不会和她在一起，却不能帮她慧剑斩情丝。四处留情，到处搭讪，令狐冲属于有色无胆的典范。

在"情"这个字上，令狐冲比较糊涂，不是上上人，不过好在爱他的人并不在意，他自己也不在乎。

令狐冲是一个伪游戏人生者，虽然他重伤之余，仍嬉笑怒骂，经常嬉皮笑脸地四处和女孩子搭讪，也说过"到了不得已的时候，卑鄙无耻的手段，也只好用上这么一点半点了"。听了风清扬"大丈夫行事，爱怎样便怎样，行云流水，随意所之，什么武林规矩、门派教条，全是放他妈的狗臭屁"的话之后，令狐冲说不出的痛快。可是，看毕全书，令狐冲连半点卑鄙无耻的手段也没有用过。他这一点与黄药师、风清扬是一致的，他们藐视礼教，嘲笑世俗，正是因为他们心中有礼教有世俗有块垒。

真正的游戏人生者应该是韦小宝。

令狐冲是个品格高尚的人。他率情任性，不善律己，生性开朗，光明磊落；他胡闹任性，轻浮好酒，生性不羁，口无遮拦；他泯不畏死，随遇而安。令狐冲做了恒山派的掌门，做了日月神教的女婿，做了田伯光的朋友，但是令狐冲从来没有对不起朋友对不起别人，而当别人伤害他的时候，他却可以原谅很多人。

令狐冲是个有血有肉的真人！

下次，一定要雪中登华山，夜宿思过崖，喝喝鼎鼎大名的猴儿酒，与令狐冲烹鹤伴酒，焚琴论剑。还好，华山已经在此伫立千万年，不会在乎等我的这点时间。

第二天　在车上(邯郸—宝鸡)

7月16日　农历:六月三日　星期一
干支:丁亥年　丁未月　辛亥日

　　手边一直有一张卡片,清的雪,淡的远山,上面用轻灵的字体写着"想要独自去流浪,这样的想法是不是太过奢侈"。

——笔者

　　早上醒来的时候,列车已经到了古城邯郸。
　　由于工作的原因,我曾经在这个城市零零碎碎地生活了一年,认识了很多不同的人,喝了各色的酒,看了不同的风景。
　　每一段日子,当成为记忆时,都会变得美好和让人珍惜。

　　作为春秋战国时期赵国的都城,邯郸是一个古老的城市。"邯郸学步""黄粱一梦"等成语都出自于此,文化的印记越多,说明我们先民在此生活的经历越丰富。可惜我去的时候回车巷不过是一个脏水横流的陋巷,街口用水泥做了个碑就草草了事。其他的历史遗迹更是后人牵强附会的产物。其实也难怪,几千年来,中原一带作为兵火连绵不断的区域,稍有价值的东西难免被掠夺、毁弃和夷平。
　　人类对破坏的极度爱好是任何种群都无法比拟的。个体的破坏者被称为

盗匪和暴徒并遭到唾弃；而在群体的兽性爆发下，杀戮和劫掠几乎在这个世界的每个角落都合法地发生过。

当我成为我们后，人类就成了披着文明外衣的野兽。

勒庞说得对——我们都是乌合之众。

自古"燕赵多慷慨悲歌之士"！自赵武灵王起，北拒匈奴，西抗强秦，南击悍魏。修长城，着胡服，练骑射，以弹丸之地，扼天下咽喉。面对强秦围攻，"赵亡卒数十万，邯郸仅以城免"，何其血性壮烈、英武不屈。

可惜赵武灵王英明一世，年老竟然昏聩到玩起了废长立幼的把戏，最后落得"探爵鷇（小麻雀）而食之，三月余而饿死沙丘宫"的下场。

"克定祸乱曰武""乱而不损曰灵"。武灵王的谥号还是中肯的。

邯郸一带饮食口味比较重，苦瓜、啤酒、烤知了和遍地的驴肉是饮食的特色。而丛台酒和金箔酒的味道也是很不错的。那时候周末和朋友经常在一个叫"乡谣"的小酒吧里喝得烂醉如泥，回家的时候常常只记得那微明的天空和夹道的法国梧桐。不知道那里的啤酒是不是还是五块钱一瓶，喝酒的时候是不是还有咸瓜子赠送。

一直在想，有一天在城市的边缘开一间小小的酒吧，每天看着朋友和朋友的朋友们在一起或愉快或哀伤地相互倾诉，天明时分慢慢地收拾打

之所以选这张照片不是为了显摆阿龙给我的骑手包，而是为了暴露背景板上谢长官的肚子

样,平静地睡到日上三竿,真是一件幸福到无法言表的事情。

半梦半醒间,宝鸡到了。此刻我还不知道未来的28天里,我将认识一个叫阿龙的家伙,而宝鸡就是他的家。

第二天　号外篇——邯郸三记

丛　台

胡服骑射的彪悍

只剩下

这一抔黄土为伴

挥斥方遒的英雄

赫然已过千年

车如流水马如龙的丛台

已如荒冢孤园

挥洒河套的铁骑

但余牧草连天

不知何年国破

山川却依稀如旧

燕赵悲歌仍在

只道是黄沙蒙日雨打风流

注：丛台，赵武灵王阅兵处，今邯郸内。

回车巷

你

应该是一位博雅的书生

若非如此
怎样能
从容谈笑间
完璧归赵
长袖一舞时
强秦失色
你
必定是个虬须乱战的武士
不然
如何怀不世之璧斥秦王于庭上
怎敢以泥瓦之罐羞辱当世豪强
然而
纵有经天胆略、纬地主张
也比不得那回车一让
这一让
让得千年后
如此粗鄙的陋巷
也掩不住你
这赵之脊梁
国士无双

注：回车巷，相传蔺相如避车于此，现已破败不堪，今邯郸内。

吕仙祠

由来竟一梦
繁华过眼
匆匆又匆匆
不知谁在谁梦中

怎知何时是醒
今日向名花美酒拼沉醉
明朝去海外孤舟钓鳌鳖
到头来
黄粱瓦釜仍在
应是夜凉如秋月如水

注：吕仙祠，典故黄粱一梦所在地，今邯郸内。

第三天　夜过秦岭（宝鸡—成都）

7月17日　农历：六月四日　星期二
干支：丁亥年　丁未月　壬子日

过秦岭

秦岭崔巍半遮天

孤灯如豆过陕南

夜雨挟风如旌鼓

大梦醒时剑门关

　　　　　　　　　　　　——笔者

和很多人一样，我有一颗不安定的心，8年间换了十几份工作，走了大半个中国，道路像一张经纬分明的网，裹紧了我的生活。

这个时代的我们，头上无片瓦，足下无寸土。走到哪里，都没有归属感，都是过客。

我们不是喜欢流浪，不是害怕停滞，也许只是害怕改变，害怕改变不停滞的生活轨迹。

小的时候住在林区的一个小城，家门口就是穿越小城唯一的一条铁路。每天早晚的两班列车（那时候叫票车，估计是因为需要买票的缘故），很多孩子

都喜欢看着烧着煤炭的蒸汽车头带着绿色的车厢呼啸而过而欢呼雀跃——那时候的快乐真是简单。而我更期盼在假期里坐上火车的长木条椅子去姥姥家,吃着火车上特有的方头方脑的鸡蛋面包,贪婪地看着窗外不尽的景色。火车转弯的时候,要记得把头从窗外缩回来,否则满脸都会是煤渣。

长大了,终于把汽车、火车、飞机从坐得开心到坐得厌倦最后到坐得害怕,和很多长期旅行的人一样,一上车就会萌生两个愿望:一个是路上遇到温柔健谈的美女,一个是一路从上车睡到下车。

可惜和这个世界上大多事情一样,天意难遂人愿,于是天刚刚亮,就醒了。

蜀道难,难于上青天。

列车在崇山峻岭中穿行,这个"穿行"是十分贴切的——我还没来得及看清高架桥下几十米的小村庄,瞬间又驶入了隆隆的山洞,我的眼睛刚刚适应一点黑暗,马上又冲到了高架桥上……一路上就在这一明一暗桥梁和山腹中度过。蜀道究竟有多难,一夜之间这个抽象的话题就已经变得具体。

成渝、成昆、宝成铁路,用一句老掉牙的话来形容,就是"天堑变通途"。我常常惊讶于人类的力量和智慧,尤其是我们中国人的力量和智慧,在这样极端的自然条件下,在新中国成立初期的设备和技术条件下,围绕着四川的公路和铁路都是值得整个人类骄傲的血汗和智慧的奇迹,而那些创造了这些奇迹的人,在世界上也留下了自己的生命坐标,永远值得我们追思和尊重。

由于就要到终点了,车厢里的气氛开始热烈起来。一群放假回家的孩子憧憬着未来一个月的欢乐时光,几个快毕业的学生则在忧虑自己的工作和未来,"出生—成长—学习—工作—婚姻—生育—养育—死亡",我们的生活就是这样在周而复始地循环着。

从小时候开始我们就在一种幽默的教育中生存,大人们喜欢玩的一个著名的游戏就是问:"你长大了想干什么啊?"一般孩子们都会天真地回答诸如

"科学家""上大学"之类的事情以满足大人们的虚荣心。虽然他们根本不知道科学家和牛奶瓶的区别,也不知道大学毕业是一件让人幻想破灭的恐怖的事情。如果孩子们的智商瞬间膨胀到可以了解真实世界的地步,回答说:"我只想三十岁的时候娶个老婆、有自己的一间房子就很满足了。"那么所有家长都会认为这孩子"朽木不可雕也"。

川藏线上,我们常常在这个角度去看待问题,因为常常累得躺在车轮下不想动弹

其实,这个理想已经很远大了。

攀谈间才得知,我让座的老人原来是绵阳科学城参与了"两弹"工作的一位老军人,我不由得肃然起敬。听他娓娓道来当年艰苦的工作经历,和那些科学家、将军们的逸事,那段激情岁月仿佛就在眼前浮现,而他那种淡然的神态,和对其他那些孩子那种温和慈祥的态度,更是让人折服。

在那个风云变幻的年代,"两弹"的成功研制是我们这个国家立足于世界的一个根本基础。没有强大威慑力的国家,只会成为任人宰割的羔羊,您要是不相信,去看看伊拉克和阿富汗就知道了。

老人就像一本书。无论他的生活曾经如何简单、平淡,那些在岁月里沉淀

的经验和朴实的生活哲理都是我们后辈一生享用不尽的财富。

12点，我到达了成都火车站。

早就约了网上"清风文学"多年的朋友野舟来接我，一出车站，就看到他戴着安全帽，骑着个踏板摩托站在火车站门口——活脱脱大了一号的篮球飞人樱木军团中的高宫望——"清风文学"成立了八九年，终于见到了一个"活"的，居然是这个形象，幸好之前无数次看到过他光着膀子跟大家胡吹，我装作没有被震惊到。

坐上他的小摩托，跟警察玩着捉迷藏，一溜烟把我带到了余老师"下榻"的九龙鼎客栈，正当我满怀着激动崇拜的心情想一睹余老师玉树临风的风采的时候，却被无情地告知——他去火车站取自行车去了，这才想起来放下行李，我得先去把自行车买了。

于是在野舟同学的热情引导下，先品尝了一顿丰盛的成都小吃，美味精致果然名不虚传，点得太多，浪费了大半，以至于后来在川藏线上忍饥挨饿的时候，常常回味得垂涎三尺，然后直奔自行车行。由于之前我在网络上早已经选定了型号，所以没费什么周章，一部红黑的HUNTER2.0入手，又买了备胎、刹车皮、刹车线等装备，出去试了一下车，骑上去的感觉真跟坐公共汽车不一样。

拒绝了导购推荐的骑手服、头盔等一系列的装备——事后证明除了头盔外，我的决定是英明的——且不说一路上头顶时不时掉下的"灰瓶炮子、滚木礌石"，就说每天都要以几十公里的时速冲下山坡这一项，没有头盔也是愚蠢的——幸好小白的老大罩着我，一路平安。（小白的老大姓耶叫稣，据说是地中海人士，他的故事后文再表）。

其实在川藏线上，自行车这东西只要结实耐用、性能良好、符合自己的身高就可以了，没必要非得追求什么名牌。

君不见那些骑着几千上万的自行车的专业人士一个个倒在前行的路上，

而那些小米加步枪的同志喝着二锅头谈笑风生间翻越了一座座大山。

君不见六十几岁的老人新藏线进藏，川藏线出藏，一路轻松淡然就走过了那些被很多人吹嘘的神乎其神的高原。

君不见那些骑着没有变速器的自行车的人，一路推上山，再一路推下山，风餐露宿，他们不会炫耀和张扬，他们把一切风景都记在了自己的心上。

走川藏线看的是毅力和心情，跟装备一毛钱关系都没有。

弄好了自行车，先来到野舟的小店，一面是照片洗印，一面是女装的夫妻档，小两口的生活过得还是有滋有味的，另外野舟同学经过不懈的努力终于抱得千金一名，顺便说一句，幸好孩子长得像她妈。随后去了天桥下的民俗公园，看着周围乘凉、喝茶的人群，成都人生活的闲适一览无遗。

晚饭开锣，妖怪、潜水、诗书这些以前在"清风文学"只见过名字没见过真人的汉子围着四川火锅把酒言欢，之后又是兔子头宵夜——除了鱼头，我对吃任何动物的头都很排斥，而且一直认为这应该是人类的本能——连李大嘴都是不吃人头的。

家教极好的野舟12点被老婆宣回去之后，我们几个找了个澡堂子一边泡澡一边聊天到天亮，哭笑不得的是不知道哪个学校的夏令营居然把孩子们安排住在了浴池，我们在那聊天，孩子们却把这当成了跳水池。

第三天　号外篇——管窥成都

"噫吁嚱,危乎高哉!蜀道之难,难于上青天。蚕丛及鱼凫,开国何茫然。尔来四万八千岁,不与秦塞通人烟。"

成都是中国城址未变、延续至今最古老的城市之一,据史书记载,大约在公元前5世纪中叶的古蜀国开明王朝九世时将都城从广都樊乡(今双流县)迁往成都,取周王迁岐"一年而所居成聚,二年成邑,三年成都"之意得名成都。

秦昭王五十一年(公元前256),秦国蜀郡太守李冰和他的儿子,吸取前人的治水经验,率领当地人民,主持修建了著名的都江堰水利工程。《史记》说:"都江堰建成,使成都平原'水旱从人,不知饥馑,时无荒年,天下谓之天府也'。"

而让成都真正在中国历史上占稳一席之地的是三国时期成为了大名鼎鼎蜀国的根基。在那个战火纷飞的时代里,成都这个神州大地风口浪尖上的城市成为了成就无数英雄豪杰的舞台,也造就了荡气回肠的历史故事和精彩绝伦的文艺作品。

至五代十国时,后蜀皇帝孟昶偏爱芙蓉花,命百姓在城墙上种植芙蓉树,花开时节,成都"四十里为锦绣",故成都又被称为芙蓉城,简称"蓉城"。

中国是一个大国,历史悠久、闻名天下的城市数不胜数,平心而论,成都的气候、物产和经济发展也都不算是极佳,从这个层面上讲,成都并不是一个很特别的城市。

但"成都人"是一个很特别的群体,我接触的每个成都人,无论过着哪种生活,都给我一种让人嫉妒的幸福感。如果做一个全国的调查,我相信成都人的生活幸福感指数一定在中国名列前茅。人声鼎沸的茶摊和响彻云霄的麻将声是这个城市安逸闲适的表象,真相是每个成都人骨子里洋溢的"城市自豪感"。

也许是典型的忧患式思维和对生存现状的不满造成的一种惯性模式,我对自己的城市拥有的"自嘲感"远大于"自豪感",而这种不安全感的生活和对公众信任的缺乏也同样是现代人的一种通病。

其实最重要的,不是在哪里生活,过什么样的生活,而是用哪种态度生活。

来不及细细品味真正的成都韵味,管中窥豹,先说说三星堆。

无论从历史还是文化角度上讲,三星堆都是个异类。

看看这个清单吧:

1929年春,广汉县南兴镇真武村村民燕道诚挖到400多件玉器,驻广汉县的一个旅长陶宗伯得知后,派了一个连进驻燕道诚挖宝的地方,以军事训练为名,大肆开挖。

1934年3月15日,华西大学博物馆馆长美国人葛维汉与副馆长林名均教授组建考古发掘队,一共出土文物600多件。

1980年5月四川省考古队对三星堆遗址进行抢救性发掘,发现龙山时代和3000年—4000年前的房屋基址18座,墓葬4座,出土数百件陶器、石器、玉器文物和数万片陶片标本。

1982年中国国家文物局决定对三星堆进行专款专项考古发掘。

1986年8月四川省考古所在领队陈德安、副领队陈显丹的带领下对三星堆进行大规模发掘工作,发现两座商代大型祭祀坑,坑内出土了1700多件青铜器、玉器、漆器、陶器等,还有80根象牙,4600多枚当时的货币、海贝、铜贝等……

如此令人瞠目结舌的巨大数量的文物背后,必然是一个巨大的群落;如此丰富精美的文化必将经过一个漫长而曲折的发展过程。即便是今天这个文化生活极其丰富的时代,三星堆所呈现的文化形态仍然是极其怪异独特的,怪异到几乎所有第一眼看到这些文物的人都会以为这是异域的产品,怪异到很多人甚至怀疑这是外星人的杰作。

但是,消失了,就这么烟云一样地消失了。三星堆人无论是文字符号、艺术类型、风俗习惯都彻彻底底地消失在了历史的长河中。

而这种消失是不正常的。

文化的形成和消失不是突发事件,需要有漫长的发展过程的,即便强大如蒙古大军也未能将党项人斩尽杀绝——公元1227年成吉思汗死于六盘山行宫。成吉思汗临终前发出灭绝指令:"殄灭无遗,以灭之、以死之"。紧接着,蒙古军队便对西夏民族进行了毁灭性屠戮,"城郭付之一炬,四面搜杀遗民,白骨蔽野,数千里几成赤地"。然而千年之后,四川西康、陕西、山西、河北等地依然有党项人,同时还保留了部分党项人的习俗,甚至有学者考据李自成、佘太君、杨业是西夏党项人后裔。

那三星堆人呢?是战乱,疾病,抑或是迁徙?但即便是这些天灾人祸的力量也不足以消灭一个种族,一种文化。这群人创造了如此独特而灿烂的文化,然后怎么会不留痕迹地飘然不见?

奇哉,三星堆。

再看都江堰,可以说,没有都江堰就没有成都平原的今天。

宝瓶口、分水鱼嘴、飞沙堰,分沙、防洪、灌溉,每当看到这些精巧的设计,除了赞叹还是赞叹——这是多少劳动人民智慧的结晶,多么科学大胆的工程,多少个"李冰"为此殚精竭虑。

让老百姓吃饱饭,这是国之根本,对百姓而言,哪个是王哪个是寇不重要,重要的是安居乐业。

亲爱的朋友们,我们的祖国有万里长城,有兵马俑,有故宫……有数不清的文物古迹,但这座2265年前的水利奇迹迄今屹立不倒,养育了世世代代的川人,这不是一个为了战争、享乐、殉葬……而是一个为了人民的工程,只有这样伟大的工程,才称得上是一个千秋万代的丰功伟绩!

"深淘滩,低作堰,六字旨,千秋鉴,挖河沙,堆堤岸,砌鱼嘴,安羊圈,立湃阙,凿漏罐,笼编密,石装健,分四六,平潦旱,水画符,铁见,岁勤修,预防患,遵旧制,勿擅变。"

壮哉,都江堰。

三说武侯祠。

"丞相祠堂何处寻,锦官城外柏森森。"中国人没有不知道诸葛亮的,来成都的人,很少不到武侯祠的。武侯祠建于唐,初与刘备昭烈庙相邻,明初武侯祠并入昭烈庙。1672年清康熙年间重建,形成现存武侯祠君臣合庙。

这就有了一个很有意思的事情,自汉代以来,中国的统治者独尊儒术。儒家恪守的是"君君、臣臣、父父、子子",三纲五常礼教是重于性命的。刘备乃是汉室宗亲,又是蜀国真正意义上的开国皇帝,诸葛亮不过是一介臣子,虽然后期辅佐刘禅,但臣子的身份是变不得的。

但来此参观的人99%都是冲着诸葛亮来的,臣子的祠居然抢了君主庙的风头,君主成了窃享臣子香火的陪衬,这着实坏了礼法,在中国历史上也算是前无古人后无来者了。

历史上明清两代也多次闹过把刘备推上正位的闹剧,后来都不了了之。原因只有一个,百姓心中有杆秤,英明睿智的丞相自然比那个除了哭就是摔孩子的刘豫州值得大家敬仰得多,这也说明什么主义、政策、礼教,在民意面前都不过是纸老虎,历史的长河缓缓流过,剩下的才是真知灼见。

妙哉,武侯祠。

最后说说所谓的张献忠屠川。

众所周知,明末清初长达34年的战乱和瘟疫,几乎使得四川的人口丧失殆尽。那些繁华的城镇、肥美的农田都成为了一片废墟。"天府之国"的美誉,此时此刻只能算一个遥远的记忆。《明会要》卷五十记载:明万历六年(1578),四川有"户二十六万二千六百九十四,口三百一十万二千七十三",到清康熙二十四年(1685)就陡减至"一万八千零九十丁"。一些四川县志上的户口记载也可以说明,如民国《温江县志》卷一记载:温江县在张献忠死去13年后仅存32户。有一个数据最能说明四川当时的残破凋零景象:至康熙二十四年,全川的人口仍只有9万余人。清初成都13年无人烟,省会只能临时设于阆中。这对于历来是四川政治、经济、文化中心的成都来说,无疑是一种悲哀。康熙、雍正、乾隆三朝"湖广填四川"移民运动开始以后,成都才又逐步从残破凋零走向了热闹繁华。

据说崇祯十三年(1640),农民起义军领袖张献忠率部突围,进兵四川,继又出川。崇祯十七年(1644),再取四川,攻克成都等地,建立了大西政权,年号"大顺",张献忠自称大西国王。他进川为王后,立即亲自写碑立石,文曰:"天生万物以养人,人无一善以报天。杀杀杀杀杀杀杀!"后人称为"七杀碑"(见《中文大辞典》)。其意是,上天生了万物来养人,人类却没有做一件善事来报答上天。如今上天显灵,向人发怒了,惩罚人类,就得杀杀杀杀杀杀,灭绝人类。张献忠代上天大开杀戒。清人彭遵泗写的《蜀碧》,是根据他幼年所闻及杂采他人写的记叙张献忠祸蜀杀人的书,开卷惨不忍睹:"又,剥皮者,从头至尾,一缕裂之,张于前,如鸟展翅,率逾日始绝,有即毙者,行刑之人坐死。"何海鸣在《求幸福斋随笔》中也有记叙:"张之为人别无他私嗜好,即女色亦不堪爱,唯独具此杀人之癖,尝剥女足为祭天塔,竟忍断其爱妾之足为塔顶。"天下之人皆可杀,老幼则杀个干净,城里的人都被屠灭了,人头被堆成一座小山,万人坑到处都是。

经过这一次劫难,可以说如今没有几个四川人是土生土长的。当时的民谚说"岁逢甲乙丙,此地血流红","流流贼,贼流流,上界差他斩人头。若有一人斩不尽,行瘟使者在后头"。有一首成都《竹枝词》说:"大姨嫁陕二姨苏,大嫂江西二嫂湖;戚友初逢问原籍,现无十世老成都。"土生土长的"老成都"几乎是没有的,大家都来自五湖四海,来自"湖广填四川"移民运动……

这就是所谓的"张献忠屠川"。

但我认为,这一说法,未免有些偏颇。

首先说,张献忠入川后,为什么这样大肆疯狂杀人?

明朝的遗老遗少,少不得要杀;农民起义军纪律松懈,也难免杀人,再有鲁迅在《晨凉漫笔》中说:"他开初并不很杀人,他何尝不想做皇帝,后来知道李自成进了北京,接着是清兵入关,自己只剩没落这一条路,于是就开手杀,杀……他分明感到天下已没有自己的东西,现在是在毁坏别人的东西了,这和有些末代的风雅皇帝,在死前烧掉了祖宗或自己所搜集的书籍古董宝贝之类的心情,完全一样。他还有兵,而没有古董之类,所以就杀,杀,杀人,杀……"这也未尝不是一种可能。

但,人都是张献忠杀的吗?

我看未必。

首先,张献忠战死后,他的部下与清兵在四川战斗了多年。这就直接说明,张献忠战死时,四川还没有达到赤地千里的程度。

而且,清兵不杀人吗?

翻开历史看看吧,清兵自入关以来,从北京、扬州一路杀到潮州,在四川会讲究"三大纪律、八项注意"?显然是不可能的,尤其是清朝初年民众的反清情绪极大,清兵的群众基础未必就比张献忠的部队好。

还有，百姓不逃吗？

"宁为太平犬，不做乱世人。"兵匪之乱的后果必然是百姓流离失所，大量避祸外迁。

所以说，以常理推知，造成"湖广填四川"应该是张献忠部、清军、流民合力的结果。为了易于对外迁民众统一宣传口径，再经历康乾时期历史上最浩大的文字狱后，我们的历史就把"屠川"这一恶名扣在了张献忠的头上。

这真是个有意思的悖论，我们了解历史无非是根据史书，而史书的撰写者永远是事件过后的胜利者，文人最擅长的就是或左或右地扭曲，或高或低地逢迎他的新主子，其真实性实在经不起质疑。

我的历史观是：我们只能将那些曾经发生的事情，和事情中的人，放在一个相对宽松的环境中按人性去分析和揣摩，再根据写成文字的史料去印证，得到我们的观点就可以了。

因为"历史都是胡说八道"这句话，其实真不是胡说八道。

第四天　初试锋芒(成都—邛崃72公里)

7月18日　农历:六月五日　星期三
干支:丁亥年　丁未月　癸丑日

　　最折磨人的不是远方的目标,而是鞋底的沙子还有昨天晚上流进血管的酒精。

——笔者

　　天明时分,我晃晃荡荡地回到大本营,宿酒未醒,头痛如裂,我感觉最需要的是一张柔软床,而不是硬邦邦的自行车座。

　　大家都在打包和检查自行车,未来的二十多天里,我们每天都在不停地检查驮包、检查自行车、检查随身物品、检查有没有丢失队友……我依葫芦画瓢地跟着大家用橡皮条把自己的两个大包绑在自行车上,然后又去买了个防尘罩套在上面,倒也像模像样。

　　8点钟左右,吃罢早餐,行程确定:广州的余老师、祖籍四川目前在佛山的唐老师、陕西宝鸡的阿龙和我先行一步到邛崃,福建谢老师和湖北的小许、吴昊随后拍马赶到。

　　特别提一下,阿龙刚刚从宝鸡过秦岭骑到成都,两条腿晒得跟80年代火车枕木差不多,未来的日子里,每当我看到别的车队在我们面前衣着鲜亮招摇过市的时候,都会质问本次活动的召集人余老师:为什么别的队里都有白白净净的美女，我们队却拣了这么一个黑不溜秋的家伙——不知道为什么，每次问完，阿龙都很郁闷。

出了九龙鼎，穿行在车水马龙的成都市区里，我感觉好像又回到了高中骑车上学的日子，十分钟、二十分钟、一个小时……还是没有出市区，我的脑海里开始浮现出一个荒唐的场景——24小时后，四个筋疲力尽、狼狈不堪的家伙回到九龙鼎青年旅店，然后用乞求的眼光望着前台的MM（美眉）说："请问有能把我们带出成都的向导吗？"——幸好不至于此，一个多小时后，我们来到了城市的边缘。

谁能想到余老师（右一）白皙的皮肤、唐老师干净的下巴（右二），二十天后将荡然无存，只有阿龙（右三）——好吧就是这个黑不溜秋的家伙还是一如既往地黑不溜秋

大家停车休整,他们几个都换上了长衫戴上了面罩。而我没面罩也懒得把包打开去翻长袖的衣服,因为每当我准备要打开包的时候就会无端想起J.K.杰罗姆的《三人行》里的蠢事——每次打开包,总会有塞不回去的物品,每次合上包,总是有忘记拿出来的东西。

更重要的是我感觉太阳在云层里,不是很晒——于是这一愚蠢的自信导致我第一天鼻子额头全部晒伤——好吧,我承认我是菜鸟。

一路坦途,穿过若干小镇,景色平平,中午在一个不知名字的小店里吃饭,和余老师互看身份证后得知我们两个不仅同年,而且生日也离得很近——看来正常的人各不相同,不正常的人总有相似点。

路上一直闻到一股怪怪的味道,大家说是榨油的油厂的香气,我却怀疑是化工厂的污染。作为一个在化工区长大的人,可以毫不客气地说,曾经有一段时间只要闻闻空气里的味道就能知道今天刮哪个方向的风。以至于化学老师从来不用给我们解释硫化氢是臭鸡蛋的味道——也许这就是我们学校化学分数比较高的原因吧。

路上遇到一个崭新的牌坊,上书"黄鹤楼",大家一窝蜂地冲过去拍照看热闹,拍完后才悻悻觉得——这不过是"黄鹤楼"的盗版罢了,如此兴师动众实在可笑。

我们这些游客,很多时候就是见到神仙就拜的唐僧,无论真假,无论品级,只要有点香火就当是大罗真仙。

终于到了一个西瓜摊,小棚下零零散散放着几个西瓜,后面是四川的招牌节目——一字排开的麻将桌。吃着甘甜无比的西瓜,我想:以后每天路上有这个我就满足了——事实证明,梦想永远和现实有很大的差距。

吃过西瓜后,我的麻烦就来了。首先就出在屁股上,十年没骑车,几十公里就导致屁股严重疼痛,想起刘备"吾常身不离鞍,髀肉皆消;今不复骑,髀里肉

生。日月若驰,老将至矣,而功业不建,是以悲耳"。真是无地自容。其次是酒精的问题,长途旅行宿酒未醒然后再加上几十公里的骑行我几乎可以马上倒头睡着。

万幸的是路程很短,70多公里的平路,在我投降之前就到了邛崃。

找到旅店住下后,冲凉睡觉几乎就是我最幸福的时刻,以至于小旅店老板建议的几个旅游景点我全然没有兴趣。

不长时间,老谢带着小许和吴浩拍马杀到。只见老谢、小许一身专业骑手服,盔明甲亮,英姿飒爽,我们顿感自惭形秽,心里暗想——这年纪、这形象,这是个骨灰级的专业骑手啊——岂不知谢老师真正强大的是骨灰级的腐败专家。

由于互相还不是很熟悉,当老谢提议大家晚饭为了第一天见面干一杯的时候,我们都装作良家子弟状说:"不喝,不喝!"——现在想起来以阿龙为首的一小撮酒鬼真是虚伪啊。

回到旅店,老谢开始帮助大家调车,我就睁大了天真的眼睛在旁边看:哦,原来这个车是可以这样修理的啊!哇,现在补车胎用创可贴就可以了啊!天啊,车轮都是手动可以拆下来的!——好吧,好吧,我真的是菜鸟。

终于到了睡觉时间,我拿了睡袋直接睡在地上,余老师开始悠然回忆昨天在成都火车站取车的经历,经过大家分析后,我们认为是余老师不解风情导致与川藏线第一次艳遇擦肩而过。

故事的情节是这样的,余老师到火车站取自行车,发现没有到货,于是就拿出了他的本色演出,与取货的小妹妹热烈攀谈,小妹妹得知他要骑行川藏,再加上很少见普通话这么不过关的中国人,崇拜与怜悯之心顿起,于是留下了他的电话,告诉他会替他留意。等到晚上,小妹妹给余老师打电话说:车已到货,我已下班,梳洗停当,你可以来取车了。偏偏我们这位余老师不解风情,冷冷回答人家:我明早去取……我认为这车取回来后没少什么零件应该都是万幸了,而一路上余老师被称为爆胎之王,相信与这有密不可分的关系。

好吧好吧,我承认余老师的故事我有一点点添油加醋。

第一个晚上,在我给大家讲述了"大象的故事"后,我们就给整个旅程定下了第一个基调——那就是笑——从这一晚开始我们这支散兵游勇的队伍每天做的最多的事情就是笑——上山笑,下山笑,吃饭笑,喝酒笑,爆胎笑,笑话别人,当然更多的时候是笑话自己。至于"大象的故事",后来发展成了我们队伍的超级暗号,以至于在然乌吃饭的时候有人说了声"大象",大家立刻集体喷饭,吴浩甚至直接喷到对面桌的妹妹身上。

这个故事我坚决不在游记里讲,下半辈子就指着这个活了。

最后说句题外话,强烈推荐大家看下J.K.杰罗姆的《三人行》,这本书是我看过的最了不起的以游记为载体的小说,也是足以治疗生活枯燥症的良药。

第四天　号外篇——一曲凤求凰，千古文君酒

邛崃，因临邛故地素有邛民(邛族)聚居，故古名临邛。秦国灭蜀即于此置筑城置县迄今已有2300余年，与成都、郫县、巴县同为巴蜀四大古城。"临邛自古称繁庶"，据《华阳国志·蜀志》载："临邛城周回六里，高五丈。造作下仓，上皆有屋，而置观楼射栏。"至汉代，这里已是富商巨贾云集、店肆林立、规模宏大的一座成都平原上的商业中心了。

越是文明富庶、经济发达的城市，越是战乱与掠夺频发的中心。西汉末至王莽"新"朝时，城郭损毁；西晋怀帝永嘉六年(312)至西魏废帝二年(553)，战乱不息；自唐文宗太和三年(829)起至清康熙十三年(1674)先后数次被南诏、吐蕃以及吴三桂叛军等攻陷，州城残破，满目荒凉。明末清初，户口锐减，以至常有虎豹出没。直至康熙三十二年(1693)知州戚延裔捐资助修城垣，百姓方得安居。

屡遭破坏后，"舟船争路、车马塞道、商旅敛财"的昔日蜀地中心，今天看来就不过是一座弹丸小城。

然而邛崃真正为世人所熟知的原因是司马相如和卓文君那聪明机智的爱情故事。

司马相如字长卿，蜀郡蓬州人也。少时好读书，学击剑，名犬子。相如既学，慕蔺相如之为人也，更名相如。以訾为郎，事孝景帝，为武骑常侍，非其好也……临邛多富人，卓王孙僮客八百人，程郑亦数百人，乃相谓曰：

"令有贵客,为具召之。并召令。"令既至,卓氏客以百数,至日中请司马长卿,长卿谢病不能临。临邛令不敢尝食,身自迎相如,相如为不得已而强往,一坐尽倾。酒酣,临邛令前奏琴曰:"窃闻长卿好之,愿以自娱。"相如辞谢,为鼓一再行。是时,卓王孙有女文君新寡,好音,故相如缪与令相重而以琴心挑之。相如时从车骑,雍容闲雅,甚都。及饮卓氏弄琴,文君窃从户窥,心说而好之,恐不得当也。既罢,相如乃令侍人重赐文君侍者通殷勤。

文君夜亡奔相如,相如与驰归成都。家徒四壁立。卓王孙大怒曰:"女不材,我不忍杀,一钱不分也!"人或谓王孙,王孙终不听。

文君久之不乐,谓长卿曰:"弟俱如临邛,比昆弟假贷,犹足以为生,何至自苦如此!"相如与俱之临邛,尽卖车骑,买酒舍,乃令文君当垆。相如身自著犊鼻裈,与庸保杂作,涤器于市中。卓王孙耻之,为杜门不出。昆弟诸公更谓王孙曰:"有一男两女,所不足者非财也。今文君既失身于司马长卿,长卿故倦游,虽贫,其人材足依也。且又令客,奈何相辱如此!"卓王孙不得已,分与文君僮百人,钱百万,及其嫁时衣被财物。文君乃与相如归成都,买田宅,为富人。

——《史记·司马相如列传》

在中国的爱情历史长河中,可以说,"凤求凰"的故事独树一帜,而我们甚至可以将卓文君树立为中国历史上女权主义的先行者!

让我们分析一下这个有趣的爱情故事,首先说司马相如,史书记载其文采飞扬、英俊潇洒。《汉书·艺文志》著录"司马相如赋二十九篇",今天大家称颂的以《上林赋》为首。据说汉武帝的陈皇后曾用100斤黄金请司马相如为她作《长门赋》,以描述她失宠后的痛苦,这就是赫赫有名的"长门买赋"。又云其善琴瑟,《琴赋·序》:"司马相如有琴曰绿绮,蔡邕有琴曰焦尾,皆名器也。"

如此才华横溢的年轻人,以一曲《凤求凰》:"凤兮凤兮归故乡,游遨四海求其凰,有一艳女在此堂,室迩人遐毒我肠,何由交接为鸳鸯。"着实打动了卓文君的芳心,于是上演了西汉版的"夜奔","亡奔相如,相如与驰归成都"。

卓文君乃是邛崃富贾卓王孙的女儿,新寡。请大家注意,在重农轻商的中国,能够以商人身份在史书上留下一笔的为数不多,可见卓王孙是富甲天下的。这样的大宅门里的千金小姐,物质上显然是富足的。她对爱情的需求,可以说应该是纯粹精神的。能够"亡奔相如",足见此女是极有主见和敢于追求自我幸福的。

可是到了成都呢?司马相如"家徒四壁立",看来爱情与面包的故事亘古有之。于是"相如与俱之临邛,尽卖其车骑,买一酒舍酤酒,而令文君当垆"。司马相如也算是曾经"居于庙堂"的人,能够为了爱情"身自著犊鼻裈,与庸保杂作,涤器于市中"。也算实属难得。

真的走到这一步了吗?非也非也,这分明是一条计策嘛,真的要卖酒,哪里不能卖?非要回邛崃。无非是要丢老头子的人,逼其就范嘛,这也算是小女孩跟当爹的撒娇的一种办法。而且我可以断定这是卓文君的计策。一方面这计谋若出于司马相如,则未免过于小人,如果他是这等水准,估计卓文君立刻就会"夜奔"回去了;另一方面"知父莫过女",这招也真的切中老头子的要害——这是中国人有据可查的,从西汉起就有好面子的证据——于是"分予文君僮百人,钱百万,及其嫁时衣被财物。文君乃与相如归成都,买田宅,为富人"。

好个聪明伶俐的奇女子,敢于用这样刁钻犯上的手段,幸好汉代重黄老轻儒家礼法,所以后来司马相如仍然可以再做官,他们也没什么"司法困扰",想必这二人酒肆贩浆的时光,应该也是快乐无比的吧。

又据《西京杂记》载,相如将聘茂陵人之女为妾,卓文君作《白头吟》以自绝:"皑如山上雪,皎若云间月。闻君有两意,故来相决绝。今日斗酒会,明日沟水头。躞蹀御沟上,沟水东西流。凄凄复凄凄,嫁娶不须啼。愿得一心人,白首不相离。竹竿何袅袅,鱼尾何簁簁。男儿重意气,何用钱刀为!"相如乃止。

没有哭闹,没有慌乱,而是义正词严,带有尊严地告诉司马相如,你个小兔崽子敢三心二意,我立刻离开你,你自己好好想想,有没有你这样的人!这是面对竞争者最高深的竞争手段。

勇敢追逐幸福,机智创造幸福,智慧保留幸福,也只有这样冰雪聪明的女子,才能拴住司马相如这样缥缈不定的男人。

弹指一挥间,恍若卓文君当垆卖酒的音容笑貌犹在,时光已过千年。无论多强大的城邦,在时间面前,都逃不过灰飞湮灭的结果,只有文化与爱情会被历史打磨得越发鲜亮。邛崃作为"中国最大白酒原酒基地"又有"文君当垆,相如涤器"的美好故事,未能浮一大白,憾事,憾事。

第五天　白日放歌须纵酒（邛崃—雅安75公里）

7月19日　农历：六月六日　星期四
干支：丁亥年　丁未月　甲寅日

这是个创造了诸多个第一的日子。

——笔者

如果用二元论分析人的生活状态，那么人生无非要么睡着要么醒着，失眠是让人发疯的病症，而"睡到自然醒"却是很多劳苦大众的最高人生理想。

在川藏线上起床无疑是一件痛苦的事情。于是从第一天起，我就养成了一个"优秀的习惯"——只要今天骑车，我准赖到最后一个起床；如果今天休整，我肯定一早就睡不着，第一个起来折磨这些赖床的家伙。

起床的第一件事情就是收拾驮包，把第一天晚上折腾出来的破烂再折腾进去；然后是打包固定，检查车况，调试刹车变速器……从今天起，每天都要重复这些工作，而我总是怀疑我的驮包最重，我的座椅不够舒服，我的车没有调到最佳状态——要不然为什么上坡骑起来那么累——可是每当我和队友们抱怨，他们都鄙视我。

第一顿早饭是包子馒头粥，我强迫自己吃了一些。由于很多年没有吃早饭的习惯了，但如此大的运动量又不能不吃，所以吃早饭不是一件很让人愉快的事情。但对阿龙就不一样了，他对食物有一种刻骨的仇恨感，以至于每顿饭如果剩下一点菜汤都会让他整夜辗转难眠——川藏线上最喜欢他的是饭店的洗碗工,而最恨他的一定是每个村庄的猫猫狗狗。

七个人第一次进行了集体合影,从此川藏线上有史以来最腐败的七个小矮人队正式成立了,当然,这个故事还需要一名可爱的公主。

拖拖拉拉地出发十分钟后,我们就遇到了川藏线上最可怕的东西——上坡,这是川藏线的第一个上坡,让我刻骨铭心啊,以至于,我到现在都痛恨上坡的交通标志!当然,这样的坡和未来的山相比,简直无异于平路,但由于大家都是刚刚开始,心气都比较足,所以速度都很快,十几分钟冲到坡顶——真的是愚蠢的"冲"——我感觉我的心脏比腿抖得都厉害。

智力问答:紧跟着第一个上坡的旅游景点是什么?

正确答案是:第一个下坡。

第一次下坡还是很爽快的,于是在爽快中,我唯一的一瓶水飞了出去,我用两秒钟考虑了一下,还是不要停车了——在下坡的时候突然停车是极不明智的——第一车速快,急刹车容易造成危险;第二你不知道后面的队友和你的距离,再加上树木和转弯的遮挡,很有可能他会从后面直接命中你!如果你的物理知识比较过关,你可以计算一下时速50公里的队友撞上静止的你后,你们会发生什么科学而有趣的变化。

这个教训让我在未

我被晒得死的心都有了

雅安是个好地方

来的骑行中,会把所用东西都绑得紧紧的。这个故事教育我们,在得意忘形的时候,一定要把对自己重要的东西抓得紧紧的。

中午到达名山,午饭在一个人声嘈杂的小饭店里解决,大概是奇怪我们这群为了防晒穿得跟塔利班分子差不多的人,一个警察妹妹饶有兴趣地研究了我们的装备。

我证明,余老师没有向那个女警察搭讪。

"扬子江心水,蒙山顶上茶",四川是我国栽培茶树最早的地区,三千多年前的西周初期,就以盛产茶而著称于世。名山地区的蒙顶山为蜀郡种茶的发源地,也是我国名茶的发祥地。唐代大诗人白居易《琴茶》诗有"琴里知闻惟渌水,茶中故旧是蒙山"的吟唱。唐代黎阳王《蒙山白云岩茶》诗有"闻道蒙山风味佳,洞天深处饱烟霞……若教陆羽持公论,应是人间第一茶"的慨叹。宋代诗人文同《蒙顶茶》诗有"蜀土茶称圣,蒙山味独珍"的赞颂。

蒙顶山古名蒙山,公元前53年,西汉药农吴理真,在蒙顶山发现野生茶的药用功能,于是在蒙顶山五峰之间的一块凹地上,移植种下七株茶树。清代《名山县志》记载,这七株茶树"两千年不枯不长,其茶叶细而长,味甘而清,色黄而碧,酌杯中香云蒙覆其上,凝结不散"。吴理真种植的七株茶树,被后人称作"仙茶",而他是世界上种植驯化茶叶的第一人,被后人称为"茶祖"。从唐朝"蒙顶茶"作为贡茶时而闻名遐迩。

下午一路无话,直到达到了雅安隧道,这是川藏线的第一个隧道,有照明,路平整,隧道也很短,过了隧道紧接一个长长的下坡,坡底一个巨大的马踏飞燕的雕塑——雅安到了。

大家兴高采烈地准备在雕塑下合影,忽然觉得少了个人,余老师呢?5分钟、10分钟、15分钟后,我们看到余老师推着车从坡上沮丧地走了下来——全程第一次爆胎,余老师首次中奖!这次爆胎对余老师的意义是深远而巨大的,不仅从此将爆胎之王的桂冠稳稳戴在头上,而且为未来争取到推车之士的荣誉也打下了坚实的基础——你们在川藏线见过上坡推的,但见过下坡推的吗?

老谢三下五除二帮余老师换好了轮胎,大家合影留念后一路杀向市区,最后在一个招待所住下,招待所的两个女服务员皮肤细腻,身材高挑,谈笑嫣然,可见,一邛二雅三成都,是有道理的。

雅安有三绝,雅鱼、雅女、雅雨,雅女我们见识过了。

至于雅鱼古称"丙穴鱼",也叫"嘉鱼"或"丙穴嘉鱼",学名为"裂腹鱼",主要产于青衣江上游和周公河内,尤以周公河所产的最正宗。形似鲤而鳞细如鳟,体肥大,肉嫩味美,用荥经砂锅烹调制作雅安名菜"砂锅雅鱼""雅鱼全席",被誉为川味上品,古今驰名。雅鱼之所以名贵,大概缘于一民间传说,清代雅安举人李景福曾以雅鱼上贡慈禧太后,对方吃了大加赞美:"龙凤之肉,恐亦难与媲美。"雅安所产的"裂腹鱼",唐代大诗人杜甫就有"鱼知丙穴由来美"的佳句留传后世,《雅安县志》也有"二丙之穴盛产嘉鱼"等记载。

唐代诗人杜甫曾在诗中描述过:"地近漏天终岁雨"。而在雅安民间也历来有"雅无三日晴"的说法。据最新气象统计,雅安城区一年的雨日多达220天,是全世界年降水日最多的地方,被称为世界天漏。

余老师就是传说中川藏线上第一个爆胎的笨蛋

由于雅安是川藏线上最后一个比较成规模的城市,于是我们各自上街补充装备,我和阿龙经过不懈的努力终于找到了捷安特的专卖店,他买了备胎,而我则用35块大洋买到了硅胶坐垫——我认为350元都是值的,从此我的屁股再也没疼过。

回来的时候我们双双迷路,最后只好各自回到旅店汇合,幸好川藏线没什么岔路,否则阿龙这家伙准能骑到雷克雅未克去。途经大桥忽然发现桥中四个大字,上书"浪漫雅安",在我的记忆里,以浪漫作为城市口号的,全国大概只此一家,别无分号。

晚饭是丰盛的"兰州料理",吴昊与唐老师走进一家理发店,吴昊由一位雅女给予削发明志,唐老师也美滋滋地等着,结果给他理发的是雅女的弟弟,受到刺激后,他决定开始蓄须明志,以至于整个川藏线上都没有刮胡子,到了拉萨别人都用俄罗斯语跟他打招呼,这是后话,暂且按下不表。

第五天　号外篇　女色以及其他
——从一邛二雅三成都说起

当我们津津乐道"一邛二雅三成都"的时候，至少说明了三件事情：一是无论你是否愿意承认，今天整个社会对女性价值的第一衡量标准都是外貌；二是女性的外貌价值比其他社会价值更易于得到普遍认同——可参考"自古苏杭出美女"；三是一和二说明了我们生活在一个男性占主导地位的社会里。

达尔文告诉我们，我们应该感谢这个世界的生物多样性，就是拥有了多样性才使物种向不同方向进化成为了可能，而且每一物种都是平等的。

但当整个社会对女性的价值以外貌作为第一衡量标准后，女性就被社会以美的认知标准划分为三六九等——当然这种标准取决于你生活在哪里，例如在汤加，你没有两百斤恐怕是不能进入选美舞台的，而在非洲的一些部落为了美你就不得不将十几斤重的银盘塞到你的嘴里——进而打上不同的标签，在你择业、升职、结婚等一系列重大人生问题上得到不同的待遇。

很遗憾这种差异是天生而且不可消除的，美容手术也不能把苹果变成番石榴，都戴面具上街以求平等又严重危害社会安全。

我们生来就不平等，女性可能更严重些。

当《男人帮》横行于世，众多媒体以明星走光和暴露作为卖点的时代来临时，今天这个社会已经不再忌惮将女色作为一种商品进行评头论足了。

自古以来，男尊女卑，轻视而又需要女性是中国文化的一个特点，孔老夫子说："唯女子与小人难养也，近之则不逊，远之则怨。"幸好我们知道那个时代和语境下的"女子"和"小人"与今天是大不相同的，否则一定会怀疑孔先生在感情上被女性同胞进行了何其残酷的打击。

虽然有人认为中国是世界上男女平等最彻底的国度,但我认为,中国是世界上女性权利最差的国度之一,当然,我们比那些执行割礼的部落要文明得多。经济权利、政治权利、社会权利和家庭地位是女权主义斗争的核心问题,而中国的女性最缺乏的东西是精神上的女权独立——由于我们不能给予这个世界50%的人足够的尊重和重视,于是我们的社会里有50%的创造力过早地被锅台和奶瓶淹没了。

精神上的独立是女权主义的根本问题,其重要性远远超出为女性提供就业机会和家庭暴力庇护所等等这些治标不治本的解决方案。

而考虑到我们生来的不平等性,无论男女,精神上的独立是从获得自我认知的时候开始就应该具备的独立人格,一种不带有依附性和卑微性的自我觉醒,是一种不会在某一人生阶段放弃自我理想的坚定信念。

遗憾的是,迄今为止我没有看到全社会把精神健康和精神平等作为我们每个人独立意识的根基。

如果我们能够提供足够的教育、就业、医疗和完善的社会保障体系,没有哪个站在街边衣着暴露的女孩不想体体面面地生活;如果我们能够让我们的孩子得到真正的教育,没有哪个孩子会把自己的青春挥霍在鼠标和键盘上;如果我们可以将真实的道德准则作为教育整个社会的根本,那么我们就没有必要在争论"范跑跑"现象上自我侮辱——只要争论这个问题就意味着我们的耻辱,一个道德健康的社会对这样的人物正常处理方式肯定是枪毙五分钟!

我不想承认我是个愤世嫉俗的人,我只知道这个世界的善都是单体人性光辉的折射,恶都是群体社会无能的表现!

第六天　真正的开端(雅安—新沟　89公里)

7月20日　农历:六月七日　星期五
干支:丁亥年　丁未月　乙卯日

　　如果这个世界上真的有一条路叫川藏线,那么它的开始一定是在雅安。

——笔者

　　你知道7月19日晚雅安一共下了多少场雨?余老师会自豪地告诉你:五场。

　　在错过艳遇和大象故事的夹击下,余老师在雅安彻夜无眠,"小楼一夜听春雨",早晨起来脸色看着怕人。于是余老师把川藏线最早搭车的记录轻松收入囊中。

　　如果问我川藏线的魅力在哪里,我一定会告诉你,那就是每天风格迥异的风景。从今天起,我们行程中每一天都在或险峻、或秀美、或磅礴、或荒凉的风景中度过,雪山、冰川、高原、草场、险山、峻岭、峡谷、峭壁、湖泊、险滩、飞瀑、云海……川藏线几乎囊括了所有的自然之美,而贯穿这些自然之美的竟是一条人类之路!

　　没有人,再美的风景都变得苍白;没有自然,再强大的智慧生物都会失去灵性。

新沟剪刀手Pose(姿势)的小朋友们,最小的那个认为四个指头远远比两个指头帅

  而自行车不过是载体,真正旅行的是我们的眼睛和心灵。

  走出雅安,就意味着走出了成都平原。一路向西,风景与前日大不相同,一侧是赫赫有名的青衣江滔滔而下,另一侧是十几米高的峭壁山崖,伴随着小雨不时有碎石落下。脚下的道路沿河床的峡谷里开山凿岩而成,而一些村庄和房屋就断断续续地在道路两侧散落。

  青衣江古称青衣水,《水经注》卷十四云:"青衣水出青衣县西……县故青衣国。"这句话的意思是:青衣江与古代的青衣县名称,均源于上古时代的青衣国国名。据说远古时代的青衣国,是青衣羌人建立的国家,也称"青衣羌国"。

  中国文字是很有意思的东西,也是世界公认的最难学习的文字之一——

当然比埃及的楔形文字要强得多。以"青"为例,《说文解字》:"东方色也。木生火,从生丹。丹青之信言象然。凡青之属皆从青。"因为是东方之色,故太子的宫殿被称为青宫。而丹是井字之变,大概青的本意是井台上的植物吧——我这点水平也就理解到这里了。

在颜色的含义上,青除了作为深绿色或浅蓝色外,还被用于表达黑色,如老子出关骑的黑牛被称为"青牛",女孩子的头发被称为"青丝"——真不知道这种演绎有什么美感,我只见过蒋介石推的光头上剩余那点头发在头皮的映衬下是青的。如此,所谓"青衣羌国"应该是尚黑的民族吧。

而除了颜色的含义,单单一个青字还有很多含义,比如宝剑叫"青锋",年轻叫"青春",妓院叫"青楼",旧社会还有"青帮"……乖乖,别说老外觉得汉语难学,我们仔细想想"茴"字有四种写法也是一身冷汗啊。

从这方面讲四大文明古国现在一个比一个衰落也是难怪的,老祖宗的东西我们穷其一生都学不完,有时间都抱残守缺、悠然怀古去了,哪里有精力去开疆拓土,你看看北欧海盗和美国历史几百年就搞定了——赶明儿我没饭吃了就去美国给洋鬼子教历史去。

在这样的峡谷里骑车是很享受的一件事情,头顶是沥沥的小雨,一路是丘陵样的小坡,天气不冷不热,道路既不艰难也不枯燥。可惜这时候我还不明白旅行的真谛,一路骑得飞快,以至于中午到达天全的时候已经很疲惫了。

对于一个北方人来说,单单青衣江两岸的景色,就已经可以用心旷神怡来形容了。对于我这样一个没见过世面的人来说,看看峡谷两边的云雾竹林就可以让我满足了,不过还是少了点什么,终于在天全看到了一个冒着浓烟的化工厂——我承认我有用最大的恶意去看待问题的恶习——我很满意。

在工厂对面吃午饭,吃完后我和老谢坐在门口慢慢地喝茶。唐老师要去找邮局盖邮戳——他是我们队中少有的真正热爱自行车并且要创纪录的人,邮戳大概可以理解为一种未来可以给儿孙讲故事的鉴证。小许说要先走一会,我和老谢没什么反应,就静静地坐着。

两分钟后,小许哭丧着脸推车回来——爆胎——这也算是川藏线上最无厘头的爆胎了! 美利达与捷安特爆胎比2:0,于是在老谢他们修车忙得不亦乐乎的时候,我一个人美美地喝了一壶茶。

下午出发后我明显感觉到体力透支,一方面是上午骑得太快,另一方面由于没有经验,一直是采用骑到前面等别人上来、然后再领先再等待的策略,完全忘记了老祖宗教育我们的"一鼓作气,再而衰,三而竭"的至理名言,所以几乎是挣扎着和大家向前骑行。

途经茶马古道的路口,大家兴致勃勃地合影留念,茶马古道起源于唐宋时期的"茶马互市"。因康藏属高寒地区,海拔都在三四千米以上,糌粑、奶类、酥油、牛羊肉是藏民的主食。在高寒地区,需要摄入热量高的脂肪,但没有蔬菜,糌粑又燥热,过多的脂肪在人体内不易分解,而茶叶既能够分解脂肪,又能防止燥热,故藏民在长期的生活中,创造了喝酥油茶的高原生活习惯,但藏区不产茶。而在内地,民间役使和军队征战都需要大量的骡马,但供不应求,而藏区和川、滇边地则产良马。于是,具有互补性的茶和马的交易即"茶马互市"便应运而生。

这又是一个很值得玩味的事情,据史料称,很多战乱时期,除了军马,是不许交换其他物资的。我们用最具备中国文化文明象征的"茶"去换取用来暴力战争的骏马,足见这个世界建设的基础还是暴力,暴力维系和平,暴力保证文明,暴力执行国家机器。我们用劳动创造的价值保证暴力力量的强大,而暴力保护我们的正常生活。没有暴力的维系,所有文明都不过是纸上空谈,所有文化也会沦落为异族考古队的工作成果。

毛主席教导我们说"枪杆子里出政权",但这个道理是不能讲给小孩子听的。

川藏单车行

当时觉得累得像狗一样，后来才知道，什么叫累得连狗都不如

　　终于到达了新沟，余老师兴高采烈地在安排好的小饭店门口迎接我们，而我则瘫坐在台阶上，向小店老板要了两瓶啤酒，恨恨地喝了下去，一边喝一边想："这才第三天，这样下去老子估计就得埋在318道边了！"喝完了酒，我鼓足勇气把自行车抬了进去。

　　为了表达我的愧疚，晚饭后我决定帮助余老师解决失眠的问题，我们俩在安静的村庄里找到了一间小小的卫生所，买了六毛钱的安眠药，当晚就把余老师放倒了，而且从此以后他再也没有失眠过。

第六天　号外篇　在病中

记得有人说："我们走得太快,灵魂都跟不上了。"

和余老师一起漫步在新沟的村庄里,看着云雾缭绕的群山,让我前所未有的平静。

在这个飞速发展的年代里,我们的生活充斥了太多的信息,多得让我们失去了思考的时间和力量,多得让我们迷失和困惑,多得让我们无从分辨善恶与对错。

川端康成的遗书中说："拥塞。"

二十岁的时候曾经莫名得了一场怪病,每天做的事情就是蜷在床角,逐一闭了五感,独自领受冰冷的液体无情涌过大脑带来的清晰;每日两支,每支九百六十万单位的青霉素——九百六十万,一个很容易让人联想的数字,看来这个古老民族的多灾多难在她每个子孙身上都得到了具体而微的体现。

每天早上醒来,总是惊恐地发现自己右侧着床,紧收双腿,头深深埋在胸里——这分明是母体内婴儿的姿势。睁开眼,棉被、屋子和稠密的空气就是我的襁褓——只不过奶瓶高挂过头顶,也没有尿片……

莫非,二十年——也是一个轮回……

穿过儿堵墙,百米开外是一条新路,还没有名字。每天听隐约的车来车往,发现一个简单的问题:新路也好,旧路也好,一辆车,一次只能向一个方向开。人生又何尝不是如此,我们在有界而无限的世界中,挣扎在痛苦的放弃与选择之间,无论怎样,方向只有一个,而生死是我们的起点。李敖说,上帝管两边,他管中央。这真是无奈的聪明。我们是单程车,结果都一样。

也许——二十年,是第一个修配厂。

"这些珍宝虽无知觉,却是历千百年而不朽。而今我在这里看着它们,将来我身子化为尘土,珍珠宝玉仍好好留在人间,世上之物,是不是越有灵性,越不长久。"这是《射雕英雄传》中黄蓉在母亲墓室中把玩满一桌珠宝时的念头。每每读到这儿,我都没来由地想要大哭。

回想躺在床上看的半部电影:门外枪声大作,男人一把把妻挡在身下,妻怪道:"你不想活了!"他带着戏谑的口吻说:"有避弹衣。"……等到逃出生天,才发现男人已受了致命伤,面对大哭的妻,导演给了他三句台词:"我就是你的避弹衣……"

也许是厌倦了太多离奇的情话、浪漫的传说——毕竟,连福尔摩斯都要用吗啡来维持头脑的清醒,而我们积淀的、千峰百转、丝丝入扣,令人殚精竭虑、惊魂拍案的故事就算用最小号的铅字印出也远比华生医生的手稿厚得多得多……也可能是因为人肉体虚弱时情感也会变得脆弱,我竟被这简单的故事打动了。"你爱不爱我?""爱多少?"本是男女平日里调情的碎语,也会让人有些亮色的感觉,哪怕是平俗的亮色。而此刻听来,全无昔日的轻佻,只想仰天长叹生命竟脆弱如戏至斯,我要大哭的,不是生死之无端、悲欢之无常、命运之无形,而是大哭天下之人有几个能面对尘埃满布的世事于尽覆胼体的神经中拿出一份持久流动的灵性!

我们是麻木的一代,带着今人共有的敏感、好斗和灵魂深处非现代的隐疾,在道德、伦理和法律的夹缝中,用种族的、遗传化的、惯性的手腕应付周遭林林总总的事端;当我们迷失于欲望的追逐,沉醉于物质的华丽,安然于情人的温软时,蓦然惊问:"我为什么做这些?""我,竟是活着的!"不知你作何感触,我是着实打了一个寒噤。

路边闪出一拨天真活泼的孩子,争先恐后地让我和老余给他们拍照,对于孩子而言，照成什么样子，是否能得到照片并不重要，只要能去照相就是很快乐的事情——就像如何生活并不重要，重要的是享受生活；爱到哪里并不重要，重要的是珍惜爱的过程——这样深邃的道理只有璞玉天成的孩子们才能不着痕迹地运用，和他们相比我们都是退化了的虚伪的傻子。

其实我们每个人都一直在病中，这种病叫麻木。

第七天　二郎山小试牛刀（新沟—泸定76公里）

雅安是个好地方

7月21日　农历:六月八日　星期六
干支:丁亥年　丁未月　丙辰日

二呀么二郎山,高呀么高万丈,古树荒草遍山野,巨石满山岗。
羊肠小道那难行走,康藏交通,被它挡那个被它挡。

二呀么二郎山,哪怕你高万丈,

解放军,铁打的汉,下决心,坚如钢,誓把公路修到那西藏!

——《歌唱二郎山》

环新沟皆山也!

其实,新沟就坐落在二郎山的山麓。而青衣江与大渡河的分水岭、海拔3437米的二郎山才是川藏线真正意义上的第一座山。

也许很多人不知道川藏线,但少有国人不知道二郎山,一方面因为红军长征路线上赫赫有名的战役"飞夺泸定桥"就发生在二郎山脚下;另一方面,一曲歌颂修建川藏公路的《歌唱二郎山》蜚声大江南北,妇孺皆知。

出了新沟,山路如巨蟒一路蜿蜒而上。之字形的盘山路在峭壁山崖间盘桓,两侧林木茂盛,天气倒也不炎热。据说二郎山一带拥有丰富的动植物资源,如画的风景也吸引了很多知名画家在此写生。

川藏线的第一个考验不是高原反应,而是汽车尾气。载重汽车的尾气如同沙林,可列川藏线杀手第一位。你想象一下当你气喘吁吁爬上一个转弯刚要喘口气的时候,一辆载重汽车——这些汽车的排气管都在侧面——来到你身边,一股浓烟直接喷在你的脸上是何等滋味。

但是一旦过了一氧化碳(CO)、碳氢化合物(HC)、氮氧化物(NO_X)、铅(Pb)的全面杀伤这一关,战胜高原反应估计也不在话下了。我由此想到,在内地的公路上骑车是何其痛苦的一件事情。

在这样危险的盘山道上开车才是一件辛苦而危险的工作,不要说雨雪天气的侧滑翻车,就说在这样的坡路上上坡下坡对汽车刹车片的考验都是怕人的,所以二郎山很多转弯的地方都有当地人开的水站,一是为了让来往车辆休息,二是为了给汽车烧红的刹车片浇水降温。

于是这些水站也就成了我这个棒槌补水的地方,毛主席教导我们说:"在战略上要藐视敌人,在战术上要重视敌人。"我承认我在爬二郎山之前没研究过战略战术,只带了一瓶水。

敬告所有准备走川藏线的朋友——水是宝贵的,如果你不想中暑,请在每个可能补充水的地方尽可能地补充,如果你不想被莫名其妙的细菌感染,那么就尽可能多带瓶装水,或者找干净的水源。

幸好此山不高,到达二郎山隧道处海拔仅2182米,隧道长4172米,净宽9米,高5米,门前树立石碑上刻《歌唱二郎山》的歌词,旁边是个偌大的停车场,卖烤玉米的小贩横行于路,俨然是个旅游景点。

于是大家忙着合影留念,唐老师更是跑到歌词下准备一展歌喉,不过看到大家没有一起响应,于是二郎山演唱会草草收场。

打点行李清点人数,准备头灯面罩专业器材——反正我一样都没有——大家鱼贯冲入隧道,30秒后过隧道的那点激动和兴趣无情地被汽车尾气冲到爪哇国去了,大家只有一个信念,要么冲出去,要么被尾气熏死在里面。

冲出隧道,豁然开朗,山势大变,大渡河就在百米深的山涧下,而一座引桥横空跨过,仿佛是特意制作的观景台一般,眼见一条公路沿山直下,如箭矢一般直指泸定。如果说之前的山势是险峻有余而气势不足的话,那隧道这边的风景便是大开大合的大山气象。

一段修路的小上坡后,便是一路下坡到泸定的崭新的柏油路,坡顶上遇到一位仁兄膝盖摔得鲜血淋漓,这个我们是爱莫能助了,不过跑上坡能摔成这样,也够无厘头的。

柏油路上随处都是减速带,这是为汽车下坡准备的,而作为我们自行车,这些细雨中的减速带无异于马路杀手,大家只能心惊胆战地绕道而过。上坡虽然很辛苦,但真正危险的还是下坡。

在蒙蒙细雨和薄雾中,大渡河畔宛若仙境。我们在肾上腺的推动下愉快地

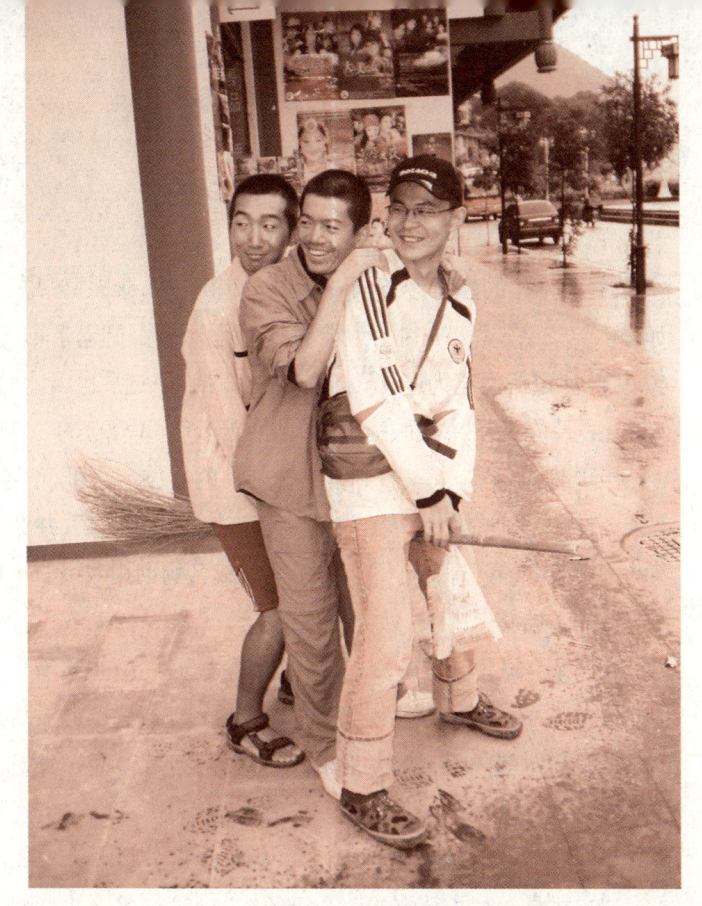

从右至左,哈利波特、罗恩、赫敏

一路下山,直达泸定。

　　泸定之名源于泸定桥,泸定桥被誉为"东环泸水三千里,西出盐关第一桥"。它坐落在泸定县城西,始建于清康熙四十四年(1705),建成于康熙四十五年(1706),桥长103米,宽3米,由13条锚固于两岸的铁链组成,底部9条铁链并列,上铺木板,另4条铁链为两旁扶栏。共有12164个铁环相扣,全桥铁件重40余吨。两岸桥头堡为木结构古建筑,风貌独特,据说为我国国内独有。

　　三百年前,藏族和汉族的物质交流到了大渡河全靠渡船或溜索转渡。有时不能及时渡河,大渡河两岸经常货物堆积如山,一些鲜活食品因无法过河而腐烂,而军队的频繁调动在这里也成了梗阻。公元1705年,康熙皇帝为了国家统一,解决汉区通往藏区道路上的经济和军事问题,下令修建大渡河上的第一座

桥梁,经过一年的修建,大桥于公元 1706 年建成,康熙皇帝取"泸水"(即大渡河旧称)、"平定"(平判西藏准格尔之乱)之意,御笔亲书"泸定桥"三个大字,从此泸定桥便成为连接藏汉交通的纽带,泸定县也因此而得名,这块御碑如今还屹立在西桥头。桥东还有康熙四十八年(1709)的"御制泸定桥碑记"。

由于时间还早,大家找到了一个临河的小旅店落脚,便各自行动,我陪着老余去补胎,其他的人在老谢的带领下直接去了泸定桥,并在泸定桥留下了著名的指挥战斗的照片,从此"谢长官"的威名响彻川藏线——这时候他还没有把腐败的本质暴露出来。

和老余在城里转了一圈,虽然他以前来过泸定,也陪着我把几个重要的地方一一游览,从纪念碑到泸定桥头,最后沿着河岸慢慢走了回去。

大渡河水势凶险,波涛汹涌,水声隆隆,宛若兽吼。泸定城依水道山形而建,其势狭长。泸定桥高悬河上,气度不凡,我胆子比较小,在河岸上远观也觉得心惊胆战。

泸定桥是红军长征上的一个重要的节点,22 勇士飞夺泸定桥的胜利为之后的中国战局产生了深远的影响。

历史就是这样,当一个城市、一座桥、一个人,甚至一个文字被推到历史的某一位置的时候,也许就会成为左右千万人命运的钥匙。如果宇宙曾经有过百万分之一秒的误差,想必我们的世界都是另一番景象了吧。

第七天　号外篇——小议飞夺泸定桥！

七律 长征
红军不怕远征难,万水千山只等闲。
五岭逶迤腾细浪,乌蒙磅礴走泥丸。
金沙水拍云崖暖,大渡桥横铁索寒。
更喜岷山千里雪,三军过后尽开颜。

据说这首脍炙人口的诗写于红军攻占腊子口之后、越过六盘山之前,诗中跳出蒋介石百万大军围追堵截后的喜悦与开怀之情跃然纸上,毛主席这种军事指挥能力和诗人情怀相得益彰的人才,天下无有出其右者。"长征是宣言书,长征是宣传队,长征是播种机。"而飞夺泸定桥,就是长征这段人类军事史奇迹中最传奇的一环。就让我们重温一下这段历史的前后吧:

1934年10月中旬,中央红军主力进行战略转移,开始长征。

1935年1月15日至17日,遵义会议。3月11日中央和中央军委成立毛泽东、周恩来、王稼祥三人组成的军事指挥小组,全权指挥军事。

1935年1月19日至1935年5月9日,四渡赤水。

1935年5月24日,中央红军先遣队夜袭安顺场,消灭安顺场守敌两个连,夺得渡船一只。

1935年5月25日,中央红军先遣队红军一团一营二连17名勇士,由连长熊尚林率领,乘木船战胜激流骇浪和对岸敌军阻击,自安顺场强行渡过了大渡河。

1935年5月26日,蒋介石偕宋美龄、顾问端纳由重庆飞赴成都"督剿"红军,参谋团亦随同移驻成都。蒋介石声称要红军"做第二个石达开",吹嘘四川军阀是"再世的骆秉璋"。

1935年5月29日,红军左路军先头团(红四团)击破敌军阻拦,以一天一夜急行军240里的速度,赶到泸定桥西头。是日下午4时,红四团一营二连22名英雄,在连长廖大珠率领下,占领泸定桥。右路军亦攻击前进,至铁丝沟、石门坎,与增援泸定城之敌一个旅遭遇,待敌击溃,于是日晚与左路军会师泸定城。

1935年5月30日,中央军委率领中央红军主力从泸定桥渡过了大渡河,到达泸定城。是日晚中央召开泸定桥会议,会议决定红军北上走雪山草地一线,避开人烟稠密区。自此一路北上,逐步确定了建立陕北根据地的目标。

长征之最初起因是第五次反围剿的失败,"北上抗日"这一口号中的"北"是没有明确的目标的,至于穿越五省,四渡赤水,主要是为了躲避蒋介石和地方军阀的武装打击,而且在川、滇、云、贵、粤这些地方军阀势力盘根错节,红军在这一带建立根据地几乎是不可能的。这一阶段的红军实际上只是向着蒋介石军队控制薄弱区进行运动,至于到哪里是没有目标的。

红军强渡大渡河成功后,由于大渡河水流湍急,无法架桥,所以红军只能摆渡过河,但数万红军只有几艘小船摆渡,大约需要一个月的时间,可蒋介石的追兵距离红军只有两天路程,于是红军在安顺场制定了一个冒险的新计划:由刘伯承和聂荣臻率领第一方面军一师和干部团(红军最精锐队伍,完全由干部组成)坐船渡江,为右路军,顺大渡河向北走,夺取泸定县城,而剩下的红军由林彪率领,为左路军,放弃渡河,顺大渡河南岸向北走,两军隔岸并进,尽快夺取连接大渡河两岸的泸定桥。

但这个计划极为冒险,假设泸定桥已经被国军炸毁,另外,泸定桥距离安顺场有 160 公里的陡峭的山路,这么长的山路上,并不知道会有多少川军阻击,也不知道会有多少川军驻守在泸定县城,一旦无法顺利渡过大渡河,那么红军将被大渡河分割成两部分。

　　当时毛泽东临时做出决定,如果两岸的红军无法再次集合,那么聂荣臻和刘伯承就在河东岸的四川"再另搞一个局面"。

　　也就是说,此时的红军已经做了最坏的打算,倘若飞夺泸定桥失败,或者泸定桥被炸毁,那么从此红一方面军将一分为二。此刻蒋介石已督军至成都,恐怕聂刘大军凶多吉少,而剩余的部队不仅难以面对未来爬雪山过草地的减员,也将难以面对被张国焘红四方面军吞并的危险。

　　以我本人所见的大渡河水势之猛烈,泅渡是不可能的,而泸定桥距水面甚高,铁索桥中部自然下垂,在双方都没有重武器的情况下,防守方若弹药充足拼死抵抗,不要说 22 人,就是 220 人,2200 人,都无法从铁索上攻过去。

　　然而红一军团二师四团昼夜奔袭 120 公里,22 勇士飞夺泸定桥,将泸定桥升华成了长征历史上的一座丰碑。

　　历史就是历史,没有如果和假设,历史只承认既成事实。

　　风云变幻 70 年,我只想以我有限的知识探讨下,究竟是哪一只大手把泸定桥推上了中国命运的风口浪尖。

　　第一只大手——蒋介石。

　　蒋介石从来没有真正意义地统一中国,他实际能控制的地区只有长江中下游五省,山东有韩复榘,山西有阎锡山,两广有白崇禧、李宗仁,云南有龙云,四川有刘湘,贵州有王家烈,江西有红军……因此蒋介石提出了"攘外必先安内"的主张。红军当然是蒋介石的心腹大患,但地方军阀又何尝不是呢?

"飞鸟尽,良弓藏,狡兔死,走狗烹。"历朝历代,建国后第一要务就是杀戮功臣谋士,削弱藩王。翻看历史,中国从汉代就开始削藩,于是有了"七王之乱";最近一次的清初"三藩之乱"也差点把满族人赶出山海关。蒋介石也不例外,我想在当时蒋介石的心目中,手握诸多资源,关系盘根错节的地方军阀可能比红军更让他寝食难安。

尤其是抗日战争开始后,川、滇、黔西南三省成为中国的战略大后方。蒋介石必须尽快获得对整个西南部的绝对控制权。蒋介石作为一个杰出的政治家,绝对不会简单粗暴地去削藩,于是拿红军开刀,名正言顺。

于是蒋介石先后发动了五次围剿,并对苏区的情况了如指掌,而且在军事上占有绝对优势,尤其是空中侦察和打击力量的情况下仍然让红军折腾得天翻地覆,一路向北绝尘而去。所以我甚至大胆一点推测,蒋介石是否有引红军入滇川,借机展开以"剿共"为名行"假道伐虢"之实的战略嫌疑呢?

这一推测是有根据的。

贵州的王家烈"决定执行蒋介石命令,一面尽力给红军以打击,使其早日离开黔境"。于是,5月,派蒋在珍、廖怀忠部往务川、印江、沿河,"防剿"红三军贺龙部,并借机排除异己,将廖怀忠部逼走湘西;9月,以王天锡为前敌总指挥,并亲赴瓮安、余庆督战,与湖南、广西"协剿"已进入贵州的红六军团任弼时、萧克部;11月,奉蒋介石"湘桂黔会剿计划大纲",令黄道彬、谢沛生分别为省主席、军长代行拆,王亲临东路督战。

然而12月中旬,中央红军攻克王数道防线,直抵乌江,指向黔北,王家烈企愿红军越境而过,只求自保。殊知,蒋介石"追剿"红军入黔之本意还包藏着"跟进去,比我们专为图黔而用兵好"的用心。中央红军入黔为国民党中央势力进入贵州除去王家烈提供了绝妙良机。黔军对红军作战节节败退之时,中央军不仅未予配合,反于1935年元月6日直取贵阳,实际上控制了贵州局势。王被迫再派犹国材、何知重赴前线与红军作战,希求夺回黔北,以图将来。但该部在红军打击下,丧师失地,几连身家性命不保,为蒋介石夺取贵州权力创造了条件。1935年3月,李仲公奉蒋介石派,迫王选择军政中之一项。晏道刚代表蒋介石出面与何知重、柏辉章二王部师长进行政治交易,促其反王。王家烈被迫于1935年4月6日,通电请辞省主席职务。4月9日,蒋任命王为第二路追剿军总指挥。随即,蒋又内外交攻,上下胁迫,逼王家烈于5月初请辞军长职务。蒋当即任命王为军事参议院中将参议,5月3日,即令王与张学良同机赴汉口。黔军全部改编为中央直属五个师,分遣各地。

一代军阀就此灰飞湮灭。蒋介石以剿共为名、以削藩为实的手段俨然已成司马昭之心。

第二只大手——诸军阀。

有了王家烈的前车之鉴,而后广东军阀陈济棠部乃采取"步步为营,稳扎稳打"以及"不求有功,但求少受损失"的策略,规定其部队每天行程不超过四十华里。1934年7月上旬,粤军才向筠门岭分路推进。但扼守筠门岭的红军没有决战企图,仅以很少兵力据险抵抗,逐步撤退,所以粤军只攻占了一座空城,毫无所获。但陈却大肆宣扬筠门岭之战获得重大胜利,向蒋报功。蒋"传令嘉奖"和赏洋五万元"劳军",并令陈部直捣会昌。1934年10月9日,陈济棠与红军达成"就地停战、互通情报、解除封锁、互相通商、必要时可以互相借道"五项协议,陈济棠装模作样地派出部队堵截,沿途筑碉挖壕,架设机枪,如临大敌,暗地里却秘密通知各高级将领(团长以上,不包括团长),谓只借路西行,保证不侵入广东境内,互不侵犯,应饬属做到"敌不向我射击不得开枪;敌不向我袭击不准出击"。同时,陈济棠还派巫剑虹的第四师运送1200箱步枪子弹给红军。一面命李扬敬纵队在赣部队,立即撤回粤境,在广州近郊和粤东的惠州、淡水、平山、老隆、兴宁、焦岭、丰顺、潮安、汕头等各要点,赶筑半永久防御工事或野战工事,以准备抗日为名,积极防备蒋介石攻粤。

白崇禧也明确表示"硬打,没那么蠢",桂系的高级将领为此也召开了好几次军事会议,认为在红军的后面,有庞大的蒋军跟踪而来,因而广西既要防共又要防蒋。白崇禧认为防蒋比防共更为重要,因此"对红军只宜侧击、追击,不宜堵击"。李宗仁、白崇禧决定放弃原来阻止红军的计划,改为"开放"桂东北通道,让路催促红军过境。蒋介石获知桂系让路给红军过境时,即电斥白崇禧此举"无异放虎归山",白崇禧则反唇相讥:"职部仅兵力十八九团,而指定担任之防线达千余公里,实已超过职等负荷能力……钧座手握百万之众,保持重兵于新宁、东安,不乘其疲敝未及喘息之际,一举而围歼于宁远、道县之间,反迟迟不前,抑又何意?"蒋介石对白崇禧的指责哑口无言。

经过粤系及桂系开的好头,接下来粉墨登场的黔系滇系及川系无不仿敬效尤,四川军阀刘湘就说过:"如果红军只是路过,我们就让他过,如果红军要是驻下,就赶他走。"

而下级军官更是无心抵抗,红军在攻打安顺场南岸时就是因为时任川军二十四军彝务总指挥部营长赖执中(兼安顺场乡长)因为怕烧到自家房产,拒不执行烧街毁船的命令而给红军减少了很多麻烦,25日那天17勇士坐的那条船就是前一晚从他的船工手上夺来的。

当中央红军尚在云南时,南京军事参谋团即严令刘文辉部在大渡河上筑碉坚守,但刘文辉当时新败于刘湘,元气大伤,追剿红军已是心有余而力不足,因而奉行"只守不攻,尚稳不追,为保实力,追开野战"方针,并未严厉督促部下修筑工事,直到红军抵达泸定桥的前晚,守桥部队才赶到桥边,开始"动手撤除桥板,构筑工事"。这就便利了红军攻占泸定桥。

有一种说法是,红军中的贺龙本身就是袍哥,而朱德作为川军的老前辈在这些"后生娃"面前有着无可比拟的威望。所以四川守军一不抵抗阻截,二不炸桥清野。

而且我们要明白,对于装备纪律都比较低下的川军,红军双面夺桥给予其的压力是非常大的。

其实对于这些军阀而言,老蒋才是虎视眈眈的狮子,"畏南京军甚于畏红军",守好自己的一亩三分地,老婆孩子热炕头才是军阀心里的小九九。

第三只手——毛泽东

我是个不相信天才论的人,但一个私塾文化的师范一个没有受过军事训练,没有接触过统治核心,没有参与过精英阶层的毛泽东能够创造出自己独特的思想、理论和军事指挥特色,实在是让人由衷佩服。

毛泽东在长征中的军事指挥,一言以蔽之——实用。

无论是佯攻贵阳还是四渡赤水,毛泽东都体现了一种极其务实的军事指挥智慧,在没有丰富准确的情报来源、没有优势兵力、没有明确军事目标的情况下,毛泽东采用的是一种机智的解决眼前问题的方式——不断运动进而迷惑敌人,伺机脱离包围圈。

以至于在佯攻贵阳的过程中,督军的蒋介石被吓破了胆,已经到了害怕机场被破坏,雇好挑夫准备逃跑的境地。

也正是在毛泽东的指挥下,打乱了川军的部署,强渡大渡河拿下安顺场,避免了重蹈石达开的覆辙。飞夺泸定桥,绝尘北去。

这一过程中,毛泽东可以说是内外交困,除了要面对蒋介石的围堵和轰炸,还要面对红军内部的斗争,林彪甚至朱德都一度将这种运动战称为逃跑战术。更不要提共产国际的代表李德等人的掣肘。在这种情况下,红军在毛泽东的指挥下虽然损失惨重,但仍然杀出了一条血路,而毛泽东也终于在长征路上获得了红军的绝对领导权。

第四只手——红军战士

团长黄开湘、政委杨成武等率领着先头部队红一军团二师四团,在下大雨的情况下，在崎岖陡峭的山路上跑步前进，以遭遇敌人阻击时就硬冲过去，不予抵抗，以不予理会受伤和掉队的方式，昼夜奔袭120公里，终于在5月29日清晨6时许按时到达泸定桥西岸，创造了人类行军史的奇迹。

此时桥东面有两个营的守军，桥板也已被守军收去。战前双方有喊话，红军方面向川军说："我们是北上抗日的，请你们让开路，不想和你们打。"川军方面回应说："你们有本事就长翅膀飞过来。"在这种形势下，四团组成了由一营二连廖大珠为首的22人的突击队，突击队员腰插手榴弹、驳壳枪，后背一把大刀，冒着枪林弹雨，攀踏着铁索强攻前进。他们后面是三连，每人抱一块木板，在后面铺木板。三连的后面是全副武装的一连，准备最后时刻冲击。

当突击队员到达河对岸时，守军点燃了堆放在桥头的浇上煤油的木板，突击队员不惧燃烧的火焰，冲到岸上，后续部队也随后跟上，经过两个小时的激战，消灭了守军，夺占了泸定桥，当天晚上，刘伯承率领的先遣部队也奔袭到泸定县城，两军在泸定桥东岸会合。刘伯承走在泸定桥上，感慨万千，说："这里应该立一个碑。"

飞夺泸定桥的22名勇士大多没留下姓名，按照杨成武回忆录中的说法，都活了下来；而按照泸定桥纪念匾的记载，则有4名队员牺牲。

22名勇士得到了当时红军士兵所能得到的最高奖赏：一身列宁服，一支钢笔，一个笔记本，一个搪瓷缸子和一双筷子。而这22人在日后的革命征程中一个一个地献出了生命。最后两个人，刘梓华牺牲在了天津城下；连长廖大珠，则牺牲在了上海城下。他们之中没有一个人看到新中国的建立，然而历史上却深深地刻下了他们的名字。

……

70年过去了，如今国民党已偏居一隅，泸定桥也成了游客大摆造型的旅

谢长官一战成名之地

游景点。回首往事,想必蒋介石晚年也会一再慨叹造化弄人,正是他的围剿结束了王明在红军中的领导,结束了共产国际太上皇的地位,结束了 AB 团的大屠杀的混乱;也正是他的围剿,把红军赶到了未来辐射中原的战略位置,把毛泽东推上了红军第一领导人的宝座。而一年后,西安事变的发生,更是让他尝到了沦为毛泽东的监下之囚的耻辱。

古今多少事,原来都是笑谈而已。

第八天　大渡河畔急行军（泸定—康定49公里）

7月22日　农历：六月九日　星期日
干支：丁亥年　丁未月　丁巳日

　　川藏线的藏区从甘孜州开始。

　　　　　　　　　　　　　　　　　　　　　　　　——笔者

　　在隆隆的大渡河水的咆哮中，我这一夜睡得并不好。出发的时候我们惊讶地发现另外一个队伍里居然有个女孩子，这个女孩就是传说中的小白。为了实现七个小矮人寻找一个白雪公主的任务，经组织研究，我们派出了队伍中最年轻力壮、玉树临风、黑不溜秋的小许，决定对小白晓之以理、动之以情、诱之以利，拉拢到我们队伍中。当然，诱降这一过程是艰难的，小白直到过了海通兵站才缴械投降——这是后话，暂且按下不表。

　　在蒙蒙细雨中北出泸定，风景与前日又不相同。

　　青衣江山势险峻，峭壁夹岸，崖危欲倾，水流速度虽然很快但水势并不凶恶。道路起伏不断，若没有卡车败兴，在其中缓缓骑行，不由让人联想这峡谷尽头、曲径深藏之处是否就是世外桃源。

　　二郎山虽高，但山势缓慢，道路虽曲折，却林木茂盛，缘路而上虽然辛苦，且风景平平，但下山之路，穿云过雾，仿佛骑在快马之上豪饮烈酒，实在是畅快淋漓。

小肥婆小白闪亮登场

　　大渡河流量不大，但河中河畔怪石嶙峋，险滩密布，水流凶险，声若奔雷。道路平坦，两岸开阔，山高巍峨，气势不凡。骑行在此处，顿时心胸开阔，只想敞开襟怀，高声言笑，纵声歌唱。

　　一天一个风景，一天一种心情，这也是川藏线的奇妙之处吧。

　　一路放歌到达瓦斯沟，我们看到了第一座白色的藏传佛教塔和飞舞的经幡。

　　藏传佛教塔又称塔覆钵式塔，主要流传于南亚的印度、尼泊尔、中国的西藏、青海、甘肃、内蒙古等地区的塔，直接来源于印度的窣堵坡。

　　塔的每层结构都表达着一种宗教意义。从下向上分别是：

　　基座：藏传佛教塔的基座很宽大，有的开辟为房间，用于存放物品或居住。基座上多有台阶，称为"金刚圈"，用以承托塔身。

　　塔身：塔在塔身上开有佛龛，称为眼光门。塔身多是圆肚，也有做出棱角。

　　塔脖子：又称为相轮，因叠成圆锥形的相轮最多有十三层，所以也叫"十三天"。塔脖子有的短粗，有的细长，一般都砌出奇数（七、九、十一、十三）条线条，也有的做成象征性的光面。

　　塔刹：由伞盖和宝刹组成。伞盖位于十三天的上部，通常包括华盖和流苏，也有采用天地盖的造型。宝刹的形制有三个系统:日月刹、金属高刹、宝珠刹。塔脖子和塔刹象征着佛的头部,巨大的塔身蕴含着深厚的佛教内涵。

中学的一个美术老师曾指着美术书上的图画考过我,"塔"又被称为什么?我百思不得其解,后来被她一语点破——浮屠。浮屠源自梵语,亦作浮图、休屠(按:浮屠、浮图,皆即佛陀之异译)。佛教为佛所创。古人因称佛教徒为浮屠,佛教为浮屠道,后并称佛塔为浮屠。我们有句古话叫"救人一命胜造七级浮屠",就是由此而来。这位老师的名字、相貌我早已没有了记忆,但一字之师,至今不敢忘怀,如果每个老师都能不限书本而将自己的阅历学识传于学生,中国教育的腾飞便指日可待。

雨没有停下来的意思,大家心情愉悦也不觉疲劳,可是以老谢为首的几个腐败分子提出要吃饭休息——才骑了三个小时——商量之后,大家决定我和阿龙直接骑到康定去给大家打前站,他们在后面磨洋工。

我承认,这是我们第一次脱离组织单独行动,也是最后一次。我错了,错就错在和那个不懂享受生活享受旅程的疯子阿龙一样去埋头赶路。

错就错在沾染了阿龙为了达到目标而达到目标的幼稚骑行观念。

错就错在没有紧密团结在以老谢为首的腐败分子周围。

我错了,这个错误我决定在未来的生活中绝不再犯。

过了瓦斯沟,一路上坡。我在阿龙这个傻子的带领下,不惜体力,除了在一个小水电站门口吃了点东西外,冒雨爬坡骑行两个小时,正当我两腿发软眼冒金星的时候,大老远看到葛优站在广告牌上龇着牙——"神州行我看行"!

——康定到了。

找了一个看起来像是用旧办公室改装的"大大"的五层楼的旅店,却是便宜得很。把自行车扛上三楼,给那几位腐败的哥们发了短信。我和阿龙忙着把所有的衣服都洗了一遍。一时间走廊里旌旗招展。

我承认,我不是个很爱干净的人,更不是个勤快的人,但每天衣物被汗水雨水湿透了干,干透了湿,实在是痛苦不堪,那味道也实在是难以忍受——以至到了119那天我忍无可忍在路边零度的山泉里从头到脚洗了个痛快——后话不提。

三个小时后,腐败兵团到达驻地。众人大呼小叫地抬自行车收拾行李,然后一窝蜂地冲上了街道,老天爷也收了一天的绵绵细雨,放出让人震撼的蓝天,山坡上彩绘的佛像在夕阳之下更是熠熠生辉。

几个藏族小孩子带着一种嘲笑的神情笑嘻嘻地看着我用相机拍摄他们每天看到的再平常不过的风景。我也坦然,在这我不过是个见识鄙陋的游客罢了。

在街上四散逛了一圈,想想这几天头顶稀稀落落的碎石和那几位摔得稀里哗啦的骑友,再加上让我谈之色变的太阳,我买了顶牛仔的大沿帽子,就权当自我安慰吧。

大家前后脚地回到了旅店,两箱啤酒和牦牛肉大摆夜宴,众人也撕去了假惺惺的面孔,川藏线上有史以来最腐败最无厘头的队伍正式成立了。

三个学生、四个老师加上我这个待业青年,这支队伍骑到哪里算哪里,说不走就不走,想休息就休息,说玩扔下车就去玩,集体叩长头前进、拍秃鹫、打雪猪、讲笑话,在4000米山上鬼哭狼号地唱歌。从雅安就开始搭车,从康定开始,在山顶上喝够二锅头才下山,到山下无醉不归就更不要提了,至于第一批爬上山顶混到最后一批都下了山还在四处溜达的事情就更不算什么了。本以为小白加入后这些家伙会收敛一点,结果小白立刻创造出30分钟带领大家集体在排水沟睡觉的记录……

如果让阿龙、老唐领导这支队伍,估计大家就傻骑傻骑地两个礼拜就杀到拉萨;如果让老余领导这支队伍,这支队伍估计也就到康定然后去跑马山陪MM爬山了;如果让老谢领导这支队伍,那这伙人从康定开始就会一路搭车,每天在车上醒酒,落地就醉生梦死;如果让小许、吴昊领导这支队伍,估计大家

表情最夸张的居然是不喝酒的余老师

在成都就会迷路然后大家一路骑到都江堰；如果让小白领导这支队伍，7个人到达拉萨直接就近找个教堂削发为僧；如果让我领导这支队伍——行行好，算了吧。

幸好我们采用的是先进的民主与法制并存的圆桌会议制度，一路上没有出现任何争端和歧义，除了老余、老唐、小白不喝酒，我和老谢、阿龙喝得太多之外——我们是一支拥有着共同的远大理想的队伍——也只有这样纷杂的队伍才能充分体现"制衡"这一道理。

小集体大智慧，下次来康定，一定醉上三五日，酥油茶、青稞酒、大块吃牦牛肉，再也不干骑车这样的傻事情了。

第八天　号外篇——想了很多

每年开车、骑车、搭车、步行穿越川藏线的人如过江之鲫,中国人、外国人,男人、女人,老的、少的,信基督的、信释迦牟尼的、信金钱权力的、信电视广告的,还有什么都不信的。

旅行是什么,旅行的本质就是逃避现实的一种手段,无论财富、地位、年龄,我们都有着隐晦地表达我们对不同于自己日常生活的生活方式的渴求,我们都是容易厌倦、永不满足的动物。

比"我们为什么在这里?"这个问题更深刻而又更浅薄的是"我们从哪里来?"

我们来自五湖四海,来这里的理由千奇百怪,但根本的原因是,我们逃不开人性的弱点,我们共有着妄想和执着。

有多少人手握瑾瑜却贪图别人的瓦砾,又有多少人能够将自己已经拥有的视若珍宝。坚固、虚明、融通、幽隐、罔象、虚无,我们都是躲不过的俗人。

川藏线是一场虚幻,这里的人和事都是超现实的。我们放弃了自己正常的表达方式和生存法则,放弃了自己的责任和义务,来到这个以公里和海拔作为度量衡的世界。累了就蓬头垢面地躺在尘埃里,困了可以不顾洗澡洗脸这些规定倒头便睡。每天重复的就是用汗水把衣物浸透——晾干,再浸透,再晾干……

这世界上有一条路是有尽头的,它的名字叫川藏线。而对于人生和川藏线,我们只是个过客,当我们离开这条路,那些撕掉的画皮又得重新粘回去。不必惭愧，这就是生活。虽然我们不愿意一辈子活在现实里，但我们也不能一辈子活在川藏线上。

我不是个骑友，甚至不是个所谓的驴友，对自行车没有什么特殊的情感。骑行川藏线只是我没有经济能力开着悍马、路虎、JEEP而采用的一种廉价的旅行方式，当面对我的家人的时候，这样的独自的不负责任的旅行是让人惭愧的。

我本来以为，在这样一条路上，我可以想通很多东西，可以改变一些看法，可以有所变化。很可惜，江山易改本性难移。

我们追求的东西，永远不是我们得到的东西。"朝闻道夕死可矣！"这个"道"不是那么容易获得的。

川藏线不过就是一条路，一条两千公里的路而已，而已。以险要论，福建的山区，秦岭的险峻，张家口一带的大山，除了海拔，都不逊于川藏线。因此即使你是倒着爬过去的也没什么值得炫耀和臭屁的。我真的以小人之心怀疑把川藏线描述得难于上青天的人，是不是有借抬高川藏线抬高自己的嫌疑！

如果说川藏线有什么特殊，那就是很美丽，美不胜收，美得难以言表，美得让人心灵震撼、情绪激荡。但这种美是无生命的，太多了难免会让人厌倦。

印证一句用俗了的话：重要的不是风景，而是和你一起看风景的人。没有可以分享的同伴，再美丽的风景都不过是毫无生机的图片。

老余、老谢、老唐、阿龙、小许、吴昊和小白加上我都是扔到人堆里就找不到的普通人，有着这样的缺点那样的问题的普通人。而我们就这样一路喝着酒，讲着笑话，一路胡闹着就走过了那么多高原山岭，留在这条路上只有纯粹的快乐。

人是自私的排他性动物，能够与同类一起真正快乐地共度一段时光是稀有和幸福的，当我回首这条路的时候，如果问我走过川藏线后真正的意义在哪里，那就是和一群伙伴，拥有了一段一生弥足珍藏的经历。

"一个月的川藏,一辈子的兄弟,如果那条路足够长,我愿意和大家走到永远,不会厌倦……"

第九天　跑马山下休整

7月23日　农历：六月十日　星期一
干支：丁亥年　丁未月　戊午日

　　休整的艺术在于，休息、腐败和折磨其他人。

　　　　　　　　　　　　　　　　　　　　——笔者

　　由于是休整日，我照例早晨起得很早。一个人在城里转悠了一圈。
　　康定作为川藏线上重要的旅游城市，聚集着藏、汉、回、彝、蒙、苗、壮、布依、满、瑶、白、土家、纳西等多种民族，传说蜀汉时诸葛亮南征孟获，遣将郭达在彼处（今康定）造箭得名。郭达将军昼夜造箭3000支，造完箭乘仙羊而去，后人为纪念郭达造箭有功，把康定城东北一座大山取名郭达山。在清咸丰年间还在郭达山下建有郭达将军庙。
　　后人考证，诸葛亮远征孟获，纯属南征，不是西进，派郭达造箭纯属虚构。其实打箭炉，是藏语"打折诸"的音译。"打"指大地山流来的打曲河（雅拉河）。"折"为折多山流来的折多河。"诸"，是雅拉河、折多河两水汇合之处。
　　不过我们大多数人知道康定，还是因为那首脍炙人口的《康定情歌》。
　　《康定情歌》是20世纪30年代诞生于四川康定的一首民歌，由当地的群众自发编创并于40年代逐渐流传开来。40年代中期，就读于重庆青木关国立音乐学校的福建学生吴文季在从军的康定人中收集到此歌，然后将此歌转交给他的老师伍正谦。伍正谦又请作曲系的江定仙老师配乐伴奏以便演唱。江定仙配好伴奏后，将原名《跑马溜溜的山上》改名为《康定情歌》，后来伍正谦在学校的一次音乐会上首次演唱了这首歌曲。又将此歌推荐给了当时走红的歌唱家喻宜萱，喻宜萱同年在南京举办的个人演唱会上公开演唱了此歌，从南京唱到了大江南北，从国内唱到了国外，使《康定情歌》传遍了世界。

康定群众能歌善舞，在当地的广场上，我们有幸看到了群众性的健身舞蹈——大概跟北方扭秧歌和打太极拳差不多的意思吧。我这种走路经常自己把自己绊倒的协调性极差的选手对舞蹈自然敬而远之了，不过当广场放出现代感极强的迪斯科乐曲的时候，看到众人仍然坚定地以典型的藏族舞步来配合，我顿时为之倾倒。

中午回到旅店，看到大家早就准备好了酒菜，于是大马金刀，推杯换盏，这时候一个同旅店的哥们过来借工具调车，进来一看："呦，喝着呢！"却怎么都不肯加入我们的队伍一起腐败。

"跑马溜溜的山上，一朵溜溜的云啊！"到康定不到跑马山，就如同到北京没到天安门广场一样不可思议，因此酒足饭饱后我们决定去游跑马山。

跑马山的藏名叫"登托"，意思是"垫子"。据说曾经有一对法国未婚夫妇不远万里专程跑来，要在跑马山举行婚礼。在他们的想象中，跑马山是一大片可以纵情驰骋的草原，没想到居然只是一座陡峭小山上的一小块台地——两个浪漫的法兰西人竟因此抱头痛哭起来。

这不由让我想起我第一次看到梧桐树时写的诗：

梧桐

你
曾经是
我年少绯红的梦

偶然听到你的声音
都让我
怦然心动
我爱
你的发音
你的名

曾想你
如何
曼妙灵动
如何
摇曳春风
如何
顾盼生姿
如何
婀娜多情

而今天
却见你如此苍劲与茂盛

于是
柔弱幻化为刚健
彪悍抹杀了风情
虬须乱战顶替了红粉黄莺

这真是

这真是

哑然的相逢

别问我为什么,有的时候人对事物的认知都是一种莫名其妙的主观感觉。

七个人在跑马山下,看着这个经幡飞舞的山包,面面相觑,都不出声,终于有人提出:"咱们别上什么跑马山了,明天要爬折多山,现在回去喝酒吧!"大家心满意足,一哄而散。忘记是谁说的了,反正说出了大家的心声。

大家合个影,就算是跑马山上跑过了

于是拔寨回营,继续大碗喝酒。这时候那个借工具的哥们回来还东西,看到居然和中午一样的场景,不由佩服地问道:"喝一下午还没喝完呢,明天你们不走折多山吗?""走啊!"估计这家伙回去一定和他们队友说:"咱们旅店有伙疯子。"

我不禁想起大学时候的一件趣事。

大三的时候学校组织义务献血,所谓义务献血,学校还是会给每人240块补贴——有的学校给1000多,我们学校小气得紧。对于我们这帮连1块钱的塑料袋白酒都喝不起的时候的穷鬼,240块简直是天文数字了,于是大家踊跃报名,就跟电影里要上前线打鬼子一样。但是每个班名额有限,在别的班都报不满人的情况下,我们的学生干部几乎是抱着系书记的大腿痛哭流涕地哀求:"再给我们几个名额吧!"系书记估计也奇怪,这个开会从来人都不齐,劳动一个人都找不到,一个星期不给他惹事情他就阿弥陀佛的后进班级,居然转了性——这就是金钱的力量啊。

献完了血,各班献血人员都老老实实地回到寝室,安安静静地躺在自己的床上,等待校长在各级领导的陪同下,逐寝室地到各位"病榻"前与同学深情握手"辛苦了,辛苦了"——估计下周校报头版的照片会按尼克松与周恩来的历史性握手照片的规格来头版报道此事。

可是一推开我们寝室,看到烟雾缭绕中,一帮赤条条的汉子,正蹲在桌子上呼三喝四地摔着扑克。于是发生了以下对话:

惊愕,安静。

校长:"原来这个寝室没有献血的同学啊。"

众学生:"有啊!"

校长:"啊,哪个是?"

众学生:"我们都是啊!"(请注意,桌子上那几位大哥没下来。)

校长:"咳咳,咳咳,嗯,你们系的同学身体真好。"

明天就要爬折多山了，我带着一种夹杂着明天就要期末考试和明天就要开运动会的忧喜交加、忐忑不安的心情辗转反侧。

小的时候一直向往长大，可是很少去问自己为什么要长大。等到有一天真的长大了，开始明白，自己向往的不过是自由而已，可是长大了就自由了吗？显然我们所拥有的那一点相对的自由永远是简单和可怜的。

父亲是个很传统的人，因此我的童年一直是在一种抗争的状态下进行的，无论是性格、工作还是世界观，我都没有成为他希望我成为的那种人，其实这没有好坏和对错之分，我只是不想按别人的要求生活。

本质上，我们每个人都渴望与众不同，这是一种生物性的本能，只不过我们表达的方式不同而已。

没有什么比追求不平凡而更平凡的事情。

而我想要的不过是没有负担、简单的、纯粹的、剥离一切世俗的生活和爱情而已。

其实我知道，没有人能得到。

也许这就是我来到川藏线的原因之一。

一夜翻来覆去，艰难入睡。

我们举起相机拍摄山上的佛像，一帮小孩子在旁边叫我们傻子

第九天　号外篇——伙伴

如果你拥有一辆结实的自行车,你可以开始你的旅行;如果你拥有一群好伙伴,那么他们可以陪伴你穿越世界上任何的艰险。

我们喝着酒,唱着歌,讲着笑话就这样走过了两千多公里的长路,翻越了一座座四千多米的高山。每个人都怀揣着不同的梦想和方向,把快乐和忧伤一圈圈烙印在我们走过的每一寸土地上,然后再回到我们各自的世界,放下行装,生活得庸碌依然。

人的一生,最重要的,莫过于伙伴。

伙伴不是爱人,爱情是拥有保质期的罐头,是太能承受也太不能承受风雨的无规则的情绪,是以相互占有为目的的行为,而伙伴是人与人无契约但有制度的合作,是建立在相互尊重和理解基础上的关系。

伙伴不是亲人,亲人是不可选择不可割舍的,这就意味着对于亲人的善恶对错,我们除了包容和承受是不能作他想的。而伙伴是可以选择的,是以臭味相投为基础的。

伙伴不只是朋友,伙伴比朋友拥有更多的包容和支持,更多朴实的相互信任和依赖的情感。

在川藏线上行走,最美丽的不是看不尽的高原、云海、峡谷、雪山、冰川,而是伙伴们开心的笑颜;给你温暖的不是晚餐的一碗热汤,而是当你跌倒时队友的肩膀;伙伴们心中最深刻的声音不是山风掠过草原的呼啸,而是我在每个休整日清晨对他们"温柔诉说"的"收拾驮包,起床!"

一路上,我们从来没有放弃一个伙伴。

川藏单车行

若干年后，当相片已经枯黄地失去了真实的颜色，那些山水也在记忆里变得遥远和暗淡，永远留存在我们心中的只有伙伴们一起度过的时光，那份情感就像香醇的美酒一样历久弥新，足以陪伴我们走过今后所有艰难的岁月。

借用《兄弟连》里的一句台词，如果有人问我，你走过川藏线，有没有觉得自己是英雄，我会自豪地告诉他，我不是英雄，但我与英雄们同行。

折多山上千手观音，怎么把个子最矮的放在最后面？

第十天　勇士试炼（康定—新都桥75公里）

7月24日　农历:六月十一日　星期二
干支:丁亥年　丁未月　己未日

　　如果问骑行过川藏线的朋友哪座山最美丽,回答可能千奇百怪;但如果问哪座山给你的印象最深刻,折多山十之八九会名列前茅。面对第一座真正的高山,就像面对我们的初恋情人一样,敏感、脆弱,还夹杂着幼稚和无知,但是印象深刻。

——笔者

　　清晨出发的时候,天气略有些阴沉,大家多少都有些忐忑不安。被传说得神乎其神的高原反应是什么样子的,此刻谁也不知道,带着今天过不去就要打道回府的恐惧,大家略有些沉闷。

　　直到出发两小时后,我们仍然远没有到达折多山脚下。在缓慢上坡中穿越路边的小村庄,骑行得既胆战心惊又索然无味,我不禁有了折多山不过尔尔的想法,这时候,只见一哨人马从我等身后掩杀过来,旌旗招展,盔明甲亮,这就是大名鼎鼎的重庆车队。看着整齐划一的服装和专业的装备,我等散兵游勇不由得自惭形秽,暗地里嘀咕:"这才是专业队伍啊!"

　　三小时后,当我们来到折多山脚下第一个转弯的时候,忽然发现原来遥遥领先的重庆队居然在此休息,一问之下才知道原来是爆胎了。

余老师心理相当平衡地与我们交流："原来专业队也一样爆胎，我爆胎也算正常。"

当我们摇摇摆摆再次上路的时候，专业队再次以迅雷不及掩耳之势超越了我们，这时候我们的注意力主要放在全程陪小白骑车的小许身上，全然没有注意到别的。

直到中午，当我们慢慢爬上一个陡坡的时候，只见重庆队正在路边吃饭休息，这时，砰的一声巨响，只见一台停在路边的自行车跳起半米多高——刚才爆胎那位哥们显然上物理课没有注意听讲，车胎的气打得太足了，高原加上阳光暴晒结果车胎就成了爆竹——爆胎的见得多了，爆得这么轰轰烈烈的天下无有出其右者。

此后大家提及此事无不为之绝倒。

此后大家提及此事无不为之绝倒

中午我们就懒在一块大石头处午休，任其他队伍随意超过，大饼就着矿泉水，看着蓝天白云，享受着温暖的阳光，听着山风掠过，不远处的草地上，两匹骏马在蓝天碧草间交颈嘶鸣，宛若仙境。不由看得我悠然。

"子非我，安知我不知鱼之乐？"

这才是旅游，这才是生活。

真正的爬山是下午开始的。

折多山树木稀疏，一条蜿蜒而上的长路不见尽头，路边大都是草甸和乱石，碧空若洗，微风清凉，处处透露苍凉之意。

山风有些微凉，但阳光仍是很强烈，我走走停停地向上骑行，碰到有意思的地方就和大家一起四处拍照，看着一群群的骑友向山上行进，这群用两个轮子在318线上前进的朝圣者，未来的日子里将有80%换成四个轮子，不过无论怎样，大家玩得开心就好。

几何老师告诉我说，两点之间直线最近，我一直奉为经典。更由于我不想跟着小白和小许的后面，好像在做监听或者偷窥之类的事情，破坏我们的统战大计。所以眼看盘山道只见有一条垂直上去的羊肠小道，我顿时起了贼心，于是我就做了川藏线上的第一件蠢事——抄近路。

结果这条路几乎都是乱石和溪水，自行车根本无法行进，于是我只能让自行车骑着我爬行1公里的垂直上升的路面，结果可想而知，当我到达主路的时候直接崩溃瘫倒在路面上，从此每天我每隔两个小时都要崩溃一次。而比懊悔自己做这个蠢事更无法容忍的是——随后就看到小白与小许谈笑风生地从我身边骑过。

恨死我了！

这个事件教育我一定要听从鲁迅先生的话，走的人多的那条才叫"路"，自以为一个人就可以推翻很多人的经验和认知的想法是危险的，失败了头破血流，成功了载入史册，成功的几率有多少，你们自己看历史书去吧。

零伤亡胜利翻阅第一座高山，大家都开心得不得了

精神上、理论上我们要勇于探索，现实中我们要遵守交通规则。

不过幸好世界上到处都有傻瓜，川藏线上特别多。正当我为抄近路的行为懊悔不已的时候，余老师远远看到我爬上去的身影，以为这是占便宜的事情，于是也步我后尘而来。

我很欣慰。

不经意间，大家就陆续到了山顶，折多山号称康巴第一关，过了这里就进入真正的藏区了，垭口白塔耸立，经幡成林。观景台上可以远眺"蜀山之王"贡嘎雪山，大批的游客在此聚集，我第一件事是给家里打了个电话报了平安——作为一个旅游景点折多山还是有信号的。

人逢喜事精神爽，我也来了兴致，骑在栏杆上扯开破锣嗓子大唱一曲："妹妹你大胆地往前走，往前走，莫回头……"

于是,余老师和谢长官在我歌曲力量的感召下,依次爬上了隘口。大家摆Pose四处合影留念,人群中我居然见到了一个长春的老乡,他带着老婆孩子开车去拉萨,真是令人羡慕,相互祝福后就此道别。

"劝君更饮一杯酒,西出阳关无故人。"痛饮阿龙带上来的二锅头,整理装备,穿上最保暖的服装,大家拍马下山。

折多山下山的路开始还是不错的,但是接近山脚下的时候路况极其恶劣,到处坑坑洼洼,尘土飞扬,好在此时是晴天,半尺厚的尘埃虽然让人呼吸不畅,但毕竟没什么危险,若赶上下雨的日子成了泥浆,这段路恐怕就是噩梦了。

事后得知一个比我们先出发几日的队伍在此遇到大雨,全军覆没,直接搭车去拉萨了。

路边的小房子都是以彩绘点缀,很有藏族特色,据说这里被称为摄影师的天堂,我倒觉得有些过誉了——起这名字的人估计也就是浅尝辄止地走到这里,也没有深入藏区,没见过真正的摄影天堂。

我们都是这样自以为是的浅薄无知的人。

一到新都桥,大内总管唐老师三下五除二安排好了住宿问题,正当我们在院子里手忙脚乱地拆驮包的时候,一只小狗跑到我的跟前,我突发灵感,把空了的矿泉水瓶拿出来,在地上敲了敲,喊到"阿龙!阿龙!"然后将瓶子扔出好远,小狗撒欢地跑过去,把瓶子给我叼了回来。

结果是阿龙暴走,其他人全部笑倒,从此川藏线所有大大小小的狗狗一律统称——阿龙。

顺便说一句,重庆专业队一路多灾多难,继先前在折多山上连珠爆胎后,又在山下被开拖拉机的藏民勒索,等到了剪子湾山脚下损兵一半,119道班过后,一支专业牛人队伍,就此灰飞湮灭。

俗话说:"包子好吃不在褶上!""真功夫都在民间。"

川藏单车行

每个垭口，都少不了迎风飞舞的经幡

第十天　号外篇——川藏装备七武器

"工欲善其事必先利其器。"

对于很多户外爱好者来说,与其说户外是一种爱好,不如说炫耀装备是一种爱好。我就见过装备着上万元一套的快干衣、登山鞋、专业背包的大哥,爬上两百米的土包,拿出一个灶头,又煮茶又煮蛋,然后语重心长地向那些跟着他惶惶然的小孩子们讲述自己在户外如何如何的高人。

我对这样的高人是佩服之至的,因为这么没羞没臊的事情坚持不懈地干实在是不容易。

川藏线作为一个极端的环境,自行车作为一种极端出行的手段,自然也有很多极端的牛人——哪个极端都有,譬如说有骑着二八车,推着上山推着下山的;也有一身几万块极品装备,过了高尔寺山就一路搭车去拉萨的;有一路吃喝玩乐的腐败分子,还有一个星期就从成都杀到拉萨的疯子。

其实怎么走、怎么去并不重要,重要的是玩得开心就是了,没必要见到谁都把胸罩扯出来告诉人家自己穿的是什么品牌,这样获得的虚荣未免有点滑稽可笑。

七种武器之一——自行车

想要骑行川藏线,一定要有台可靠的自行车,这个是必需品,没得商量,有人骑山地,有人骑公路,还有骑折叠的躺车的,型号不重要,重要的是质量必须过关,不要有什么大毛病。

捷安特、美利达千元左右的车子就足够你征服川藏线的每一座高山——只要你不像小树那么点背,把变速器骑碎。

现代自行车工业已经发展得非常完善,关键部位的手动快拆和金属质量都没的说——即使是二手车只要是大品牌的也完全没问题。

我想要强调的是,选择自行车最重要的一点是一定要根据自己的身高和体型,比如余老师身长七尺却选了个女孩子规格的车,结果一路上自然可想而知——就跟坐在老虎凳上差不多。

七种武器之二——修车工具

对于修车问题,其实我是没有多少发言权的,因为自己是菜鸟不说,拜小白的老大所赐,一路上车也基本没出过什么问题,不过粘车胎的"创可贴"和紧螺丝的六角扳手加上打气筒是万万少不得的,再者备胎准备几条也有必要。

至于其他的修车工具,我看就算了吧,现在的自行车如果出现太大的问题,基本除了换也没什么其他的维修方式,如果你在某座五千米的山上把车架骑裂、变速器弄碎,那么恭喜你,你已经获得一张理直气壮搭车去拉萨的资格券。

七种武器之三——衣物

川藏线上,不可逃避的就是每天日晒雨淋和多变的天气。因此防晒、防雨和保暖就尤为重要,重要到什么程度呢?重要到你是否想尽快结束你的旅程的程度,重要到可以引发感冒以及肺水肿、脑水肿的程度。

如果你没有吴浩同学天生丽质的皮肤,也没有我晒伤很快愈合的天分,那么请全程骑行全身遮蔽,而且随时更换被汗水湿透的衣物——高原很干燥,很快就会干——否则请看看余老师那张终身残疾的重度晒伤脸。

如果你没有涂蜡的羽毛或者全程打伞的陪同人员,请准备完备的雨具——包括防水的鞋子或者鞋套——否则请考虑下在零下几度的冷雨中全身湿透骑车翻越五千米的山是什么感觉就可以了。

如果你没有牦牛厚实的皮毛,请在下山时穿上你最保暖的服装——包括手套,否则你可能在漫长的几个小时的下坡中冻僵。

七种武器之四——药物

说实话,我只带了红景天、止痛药和感冒药,然后红景天撒了一兜子,其他的药在119都给了重庆队的一个据说感冒了的人,如果问我要带什么药物,我想跌打损伤和感冒药还是应该要有的,毕竟天有不测风云,其他的药物包括红景天在内都是自我安慰罢了,没什么实际用处。

关键时刻还是巧克力管用。

七种武器之五——骑手包

骑手包是川藏线上居家旅游、"杀人越货"之必备。

什么相机啦、水瓶啦、巧克力啦、电池啦、月光宝盒什么的都可以放在骑手包里,随手拿随手放,实在是方便至极——话说到这不得不提一下——阿龙对不起,我把你的骑手包用烂了。

七种武器之六——水

骑行川藏线,我们做得最多的事情就是喝水,在高原、烈日和每天大负荷的运动下,只要可能我们就需要尽量地喝水和补水,不要放弃每个可以补水的点,每天出发前一定要检查自己携带的水量。

水是宝贵的,藏区的水尤其如此,所以每天有洗澡习惯的同学,需要克制一下。好在川藏线上很干燥,不至于臭汗淋淋,不过我忍无可忍的时候还是在119道班跳进零摄氏度的冰水里洗了澡。

七种武器之七——你自己

川藏线上装备真的不是最重要的,最重要的是意志、品质和心态。

这样的大道理都是老生常谈,不过可以负责任地说:"我一路上看到的,衣衫亮丽装备昂贵的以及战战兢兢板着脸骑行的,都是坐着拖拉机去的拉萨。"

想走好这条路,你最需要的是随遇而安的心境和轻松愉悦的心态。

第十一天　一个下坡王的诞生
（新都桥—雅江74公里）

7月25日　农历：六月十二日　星期三
干支：丁亥年　丁未月　庚申日

> 无论好事还是坏事，只要有了第一次，以后就变得简单。
>
> ——笔者

翻越了折多山，就意味着我们翻越了川藏线上的第一座山，也是大家心中最重要的一座山，从此不敢说川藏线上一路坦途，但至少证明了你的肉体是足以经受高原的考验的，至于精神上另当别论。

所谓高尔寺山，必然是要有一座高尔寺——这么简单的问题当时为什么没想到，结果没有去游览——高尔寺全称木雅高尔如意宝寺，是藏传佛教萨迦派的名寺，创建者是嘎旭巴惹比森格，高尔寺现有佛学院一座，修行者一百多人。据记载，嘎旭巴大师健在时，本寺的僧侣曾达到过10万人。当时寺院的规模之大，僧侣之多在全藏区都是空前的。

如此著名的一座寺院，居然过而不知，真是人生一大憾事。

至于"木雅"，是一个古老的名称，无论是在吐蕃历史中，还是在《格萨尔史诗》中，它都占据着十分重要的地位。既是一个古老部落的称谓，又是一个地域名称。在历史上，"多康六岗"中的木雅热岗就是指木雅地区，即今康定县折多山以西、道孚县以南、雅江县以东、九龙县以北一带地区。这一地域内居住的藏族,被称之为"木雅娃"。连赫赫有名的贡嘎雪山,其实全称也是"木雅贡嘎"。

出发后,天公作美,晴空万里,凉风习习。高尔寺山植被也算茂盛,弯弯折折的盘山路上倒也不甚炎热。

但在看不见尽头的转弯中,在这样的天气里以每小时五公里的速度爬山,仍然是一件枯燥而让人崩溃的事情,为了忘记这种让人发疯的枯燥,我开始搜肠刮肚地从"锄禾日当午"开始背诵自己知道的那点古诗,可是背来背去,还是"蜀道难"最合乎境界,李白的诗朗朗上口,这个时候想起来很是提气。不过李白在现在这个时代是当不了诗人的,首先李白是个官迷,李白这个官迷几乎幼稚到了无节制地阿谀奉承,只要给个官做,无论大小、无论政权、无论后果都会欣欣然接受的地步,在这个伪仇恨权力的时代,李白在舆论上是不会得志的;其次李白的籍贯有问题,在一个拍摄《建国大业》都会有人指摘演员国籍的国度里——估计与认为成吉思汗是为中国立下开疆拓土功劳的是同一批人——李白是不是俄罗斯人这一命题足以让其被人肉搜索到身败名裂;最后一点,也是最重要的,是李白是个酒量极差的酒疯子。

可能李白的粉丝马上会跳起来:"'李白斗酒诗百篇,长安市上酒家眠。'这个谁人不知,哪个不晓?"

其实这个"斗"可不是我们称米的斗,而是一种酒器。《史记·项羽本纪》鸿门宴中,刘邦云:"我持白璧一双,欲献项王,玉斗一双,欲与亚父。"足见,玉斗体积不大,是可以随身携带的酒器;而且"斗"另有读音"zhǔ",意为:舀水的勺子。

"斗酒诗百篇",就意味着一勺子就喝醉。

其实这样评论李白的酒量多少有些"穿凿"。学问切忌穿凿,但偶尔胡搅蛮缠一下倒也是妙趣横生,再如"红酥手"。

红酥手,黄縢酒,满城春色宫墙柳。东风恶,欢情薄,一怀愁绪,几年离索。错,错,错！　春如旧,人空瘦,泪痕红浥鲛绡透。桃花落,闲池阁,山盟虽在,锦书难托。莫,莫,莫！

　　我一直以为陆游的《钗头凤》是个可杀之词,沈园偶遇唐琬,何其尴尬,要么偷偷避开,要么携手私奔天涯,竟然还能错错莫莫地叫,足见陆游实在是个呆子,不过这个"红酥手"是什么,倒是颇值得研究。

　　一般书籍对"红酥手"的解释大都为:形容女子的手红润有光泽。应该是从字面上直接理解的,网络上也有很多女性朋友把自己的名字写成"红酥手"或屡屡引用。一想呢,玉指纤纤推杯把盏倒也风雅,可"红酥手"是什么样子？在我的印象里,只有冬季在冷水里洗了大量衣服才能有"红酥手"的形象,实在是没有什么美感。

　　不过从词牌的对仗角度讲,"红酥手,黄縢酒"应该与"东风恶,欢情薄"逻辑上是相对应的,这样看来,红酥手就应该是一种食物,也就是下酒菜。

　　于是乎,便有精明的商家把"红烧猪蹄"堂而皇之地命名为"红酥手"。于是乎,想起陆游与唐琬在沈园以"春如旧,人空瘦"的外形、"一怀愁绪,几年离索"的心绪、"山盟虽在,锦书难托"的哀怨里,手嘴流油地对啃猪蹄子,实在是过于无厘头,大煞风景,有辱斯文。

　　那么"红酥手"究竟是什么呢？春季游园,下酒菜必然是些冷饼、干果、面点之类的东西,由此我斗胆推断,"红酥手"很可能是一种油炸的面食,类似现在的小糕点之类,但是即使现在绍兴有类似的食品称为"红酥手"也很有可能是宋代以后附会陆游诗句产生的,所以推断准确与否还得由研究宋代小吃的朋友给予印证了。

　　胡思乱想间一路向上,在休息地遇到几个采虫草的藏民,他们也热情搭上来聊天、合照,还让我们欣赏他们佩在腰间的藏刀,我还混了点他们的酒喝。

雅江城下的灰土路,今天想必早已修好了吧

  不久我们就又看到了一名可以与老余媲美的女中豪杰——哈尔滨的小树同学——此时正在两名护花使者的簇拥下很痛苦地一路推车向前——而且那两位哥们觉悟极高,余老师和老谢刚想和小树搭讪,他们立刻拿出一副誓死保卫队友的神态——我忍不住恶狠狠地看了阿龙一眼,为什么别人队都能捡到美女,而我们却只能捡这个黑不溜秋的整天嚷着要吃面的家伙!

  于是,我和阿龙一路探讨着这个深刻的问题骑在队伍的最前面,直到一个大转弯前,我们两个筋疲力尽的家伙看着遥遥无期的道路,彻底崩溃,于是互相安慰说,我们等等老余吧。

  20分钟后,老余等人一路摆着Pose一路狂拍地骑了上来,我和阿龙鼓足勇气骑过转弯——转弯后 50 米竟然就是垭口!

有的时候,希望就在我们崩溃后 50 米远的地方。

到达垭口,大家热热闹闹地合影留念,然后穿上最厚重的服装——下山可是很冷的——一扫爬山的郁闷,带着对下坡的无限享受,鱼贯而下。五分钟后,队伍越来越慢,随即一片换挡的喀喇喀喇声——大家齐声咒骂:"怎么又是 TMD 上坡!"

对于全身心放松,满怀憧憬的人的最大打击莫过于此了,但真的没有哪国法律规定垭口之后一定是下坡啊!

不知过了多久,终于看到了下面的路了。这回应该是真的了吧,攻略上说了,下山的路是 50 公里的长下坡到雅江,"如此长的下坡下得让人绝望"——这时候我们这群好孩子还是相信攻略的。

由于柏油路已经被载重车压得内高外低,高尔寺山下山的道路很危险,没有任何的保护设置。弯道悬崖和随处可见的"小心暗冰"的牌子更是让我看得胆战心惊。在这样的道路上,余老师在最后一个出发的情况下,依次超过了老唐、三辆运货的大卡车、吴昊、老谢、小许……当他超过阿龙的时候,阿龙大叫:"×,我的码表都跳到 53 啦,这种烂路你还超我车?"于是在一路的腾空与漂移中,余老师冲下了高尔寺山。

多年后,余老师用诗一样的语言描绘说:"在我以后很长时间的日子里,几次夜里醒来都仿佛听到这种风掠过我耳边的声音。"

OK,无知者无畏,这就是一个"下坡王"的诞生。

不过成名得利的人必然要付出沉重的代价,余老师的行李没有绑好,结果,绑绳因剧烈颠簸崩断,驮包差点跌落,睡袋划破。还有比他更惨的:吴昊的美利达公爵,连货架都颠断了。

我一路下得忘乎所以,早忘记了上午换虫草的事情,于是直接把大家甩开,全程下坡了一个钟头,推过一片泥泞的道路,一个十几米的隧道,再上一个几十米的陡坡,临水建城的雅江到了。

大家集合后,在雅江著名的半山亭内召开了第一次"党代会",阿龙主持会议严厉批评了我无组织无纪律的工作作风,尤其是看到小许和路边不明人士攀谈,不仅没有阻止而且直接通过的恶劣行为。

我错了。

雅江一带属于横断山区,复杂多样的自然带同样催生了丰富多彩的民族和文化。因此被称为"藏彝大走廊",这个地带,是民族迁移、分化、演变的大通道。这里少数民族众多,生活方式多姿多彩,仅是藏族就有许多分支,有康巴藏族、安多藏族、嘉绒藏族、木雅人、西番人、鱼通人、扎坝人等,虽然都划归藏族,但他们的族源、语言、服饰、歌舞等等,又各不相同,语言、建筑和族源都有着与众不同的特性。

吃了晚饭,由于明天开始就要面对119道班、理塘、巴塘这一川藏线最难通过的三天路程。而且也要面对以打劫而名扬天下的剪子弯山、海子山,所以大家内心甚是忐忑,一边研究如何对策,一边四处联络其他队伍,结伴而行。后来决定老谢、老余和小许组队搭车去理塘等我们,同时也把行李直接放到119道班,减轻我们的重量。

回来在居住处看到了小树和她的同伴才到达雅江,我半开玩笑地说:"你们这体力,估计明天够呛。"

这几位顿时面如土色,第二天早上乖乖地搭车去了巴塘。后来在然乌遇到小树,熟悉后对我大加批判,说就是因为我的一句话,他们的队伍才散的伙。

这就是语言的力量啊!

最孤独的不是骑行者,而是自行车

第十一天　号外篇——论美

我知道,这个题目有点大了,一定程度上超出了我能力范畴,而且写这样的东西大都是费力不讨好的。但每当大家看到川藏线上的景色,惊叹"太美了!"的时候,我想我们总该思索一下这个问题:"美"是什么?

想讨论美,那么首先要解决美的定义。

美的定义是美学中最难的问题。在人类历史上第一篇系统研究美学的文章《大希庇阿斯篇》中,作者借苏格拉底的口总结道:"美是难的。"

美确实是难的。不同性别、不同年龄、不同经历、不同民族、不同社会环境、不同文化教育背景,对美的定义都是截然不同的。一个人在不同时间、不同地点、不同心情对美的定义也是不同的。

美可以是变化的、动态的、抽象的,甚至是个体的、排他的、反世俗的。美也是可以具体的、历史性的、静止的、共有的、世俗的。

《存在与华夏文明》一书中对美的定义如下:人对自己的需求被满足时所产生的愉悦的反应,即对美感的反应。

我认为这一定义,值得商榷。

甲骨文中"美"其实是站立的人,头戴羽毛头饰的形状。由此可见,我们先祖文化中美的定义首先来源于人之美。美是一种人类特有的情感,美的感受的主体只能是人。动物为了交配、生存范围等目的展示的一些外形和声音无非是一种颜色或大小的比较,而人类产生智慧后第一次对美的感受就来源于人类肉体。这应该不仅是从动物性的原始冲动中产生的,也是一种超越物质的个人感受,就是所谓情人眼里出西施吧。

我承认美是一种反应的反应,也就是说,美是在对实质性事物或抽象事物的第一感受——姑且称之为第一感受——升华而产生的第二感受。

但这一定义的前提"需求性"我认为是错误的,因为美是被动的,不是一种可以主观支配的感受。"希望其美而美的事物是不存在的。"而且很多美是存在于未知的,很多让我们感受到美的事物是超越我们曾经的人生经验的,也难以成为过去经验的印证。例如,一个从来没有看到过星空的城市孩子,来到郊区无意中看到浩瀚的银河——这是没有目的性和需求性的——被其壮丽的美而震撼。再例如,毫无音乐知识的人听到贝多芬、莫扎特,这种音乐的美对人的打动也是无需求的。换句话说,我认为,美不是以需求和渴望作为前提的。

再者,美未必都是愉悦的,有一些美是痛苦的,想理解这一点,不妨去看看莎士比亚,《哈姆莱特》《奥赛罗》《李尔王》和《麦克白》就是痛苦的美。

那么我认为美可以姑且定义为:人类对事物产生的基本反应上提炼和升华的一种综合性感受。

这种感受是综合性的,其存在是无法与人类的情感和社会生活相割裂的,即幸福、痛苦、愉快、憎恶的情感都左右美的存在与消失以及美给人带来的感受程度。但反之,美这种感受又与情感截然不同,也就是说,不能等同于我们的主观情感。

美是难的。

美学研究的另一个根本理论问题是美的本质是什么。

20世纪五六十年代,围绕美的本质问题,中国学界展开了一场大讨论,形成了一些基本观点:一是以高尔泰为代表的主观论,认为美完全是主观的,美作为一种意识与客观对象无关;二是以吕荧为代表的社会意识说,认为美是人

的社会意识,"它是社会存在的反映,第二性的现象";三是以蔡仪为代表的客观典型论,认为美是客观的,"美的本质就是事物的典型性","是个别之中显现着种类的一般","典型就是美";四是以朱光潜为代表的客观和主观统一说,认为美是"客观与主观的统一";五是以李泽厚、刘纲纪等为代表的客观社会说,认为美既有客观性,也有社会性,是"客观性与社会性的统一"。

我认为这些理论各有道理但都不准确,一个理论,一个公式,应该是简洁准确的如 $E=mC^2$,而不是复杂和模棱两可的长篇累牍。

柏拉图认为:美不是美的具体事物,美是理念,是美的具体事物所以美的原因。

我喜欢但不认同第一句,"美不是美的具体事物",美不是物质性的,但也不是简单精神性的,这样的概念不免有些狭隘,不能包容艺术的、精神的美。

至于后几句,有玩弄字眼之嫌,不过老外的东西翻译过来多少就已经是被人玩弄过一次字眼了,可惜我的外文水平还停留在英文电视剧上,否则去领悟下希腊的哲学著作也不至于写得这么窘迫。

美的本质是什么呢?庄子云:天地有大美而不言,四时有明法而不仪,万物有成理而不说。

美的本质就是没有美。这不是诡辩术,美是不存在的,是相对、游离而变化的,是不可琢磨确认的;这也不是神秘主义,因为美如此胸襟坦荡,又如此不可抗拒;这更不是虚无主义,因为我们每个人每天都在用自己独特的方式——这并不排斥我们用相同的方式——获得美的享受。

我认为美的本质是——人类至高的智慧。

如果我们可以把人类一切智慧和美好情感归结于美,美就是超越一切的生存精髓。美丽是独一无二又不排他、可以共有又不分贵贱的智慧,是人类最珍贵的情感。

所以,《妙色王求法偈》中:"一切恩爱会、无常难得久、生世多畏惧、命危于晨露,由爱故生忧,由爱故生怖,若离于爱者,无忧亦无怖。"这里的"爱",无非指的是我们对美的最高追求与珍惜,如果我们能放弃感受美的权利,权当是高僧即是名妓,美女即是红粉骷髅,牛屎佛祖皆是一样,也就是所谓成佛了。

我舍不得。

那么,美以什么形态进行表现呢?

我认为美有两种形式:物质的美,梦境的美。

物质是恒定的,但物质的美是流动的,是与物质本身没有必然联系的,物质既不会因为美而存在、改变、消亡,也不会向某人的美而献媚。物质的美一定需要人类的感官进行传达,是经过了自身处理的,夹杂了社会环境、个人经历、情绪等林林总总因素的一种信息,再由人在这一信息上进行被动提炼而得出的感受。

物质之美是人类强加给物质的,表现了我们这个种族的专横与跋扈。

梦境之美是以人的认知世界为基础,但可以超越一切可认知世界的人类智慧,正是因为有了梦境之美,我们才拥有了无限的想象空间和创造力。对梦境之美的追求,就是我们人类发展的原动力。

而当我们将自己的梦境之美以理论、文字、音乐、诗歌、绘画等等方式表达出来的时候,这种方式被我们称为——艺术。

顺便说一句,美是人类唯一一个没有对立面的智慧,丑不是美的反义,丑在不表示厌恶情感的时候,绝大多数也是一种动人心魄的美。

阳关三叠

渭城朝雨,一霎挹轻尘。更洒遍客舍青青,弄柔凝,千缕柳色新。更洒遍客舍青青,千缕柳色新。休烦恼,劝君更尽一杯酒,人生会少,自古富贵功名有定分。莫遣容仪瘦损。休烦恼,劝君更尽一杯酒,只恐怕西出阳关,旧游如梦,眼前无故人。

阳关三叠,一叹三咏。

雅江过剪子弯山至川藏第一人文名胜 119 道班,119 道班至世界第一高城理塘,从理塘过海子山连穿 5 个隧道,深夜 23 点夜袭巴塘。这就是川藏线上的阳关三叠。

如果说二郎山、折多山、高尔寺山是川藏线的序幕,那么这三天就是川藏线上的高潮,然乌波密则是整个旅程的升华。

在这三天里,我们需要承受的不仅是在海拔 4000 米以上连续骑行六座高山的考验,更要与大风、寒雨、抢劫、黑夜、隧道一路抗争。骑过了这三天,你就骑过了川藏的精髓;骑过了这三天,你就了解了高原的真谛;骑过了这三天,之后的高山不过是坦途而已。

第十二天　阳关三叠之朝圣
（雅江—119道班52公里）

7月26日　农历：六月十三日　星期四
干支：丁亥年　丁未月　辛酉日

　　如果我们知道要走的是什么样的路，我想我们中的很多人会选择放弃。无知给人以勇气。

——笔者

　　剪子弯山也许不是川藏线最险要的路段，但绝对是最难翻越的高山之一。剪子弯山藏名"惹玛那扎"，意为羊子山口，相传三世达赖历经艰难险阻进京去朝见皇帝归来时，在渡雅砻江时险些掉进江里，在护法神阿苦当吉的全力护卫下，才得脱险，当走到山口时，他对达赖说他的坐骑神羊累了，需要休息，于是达赖一行就在这里休息。各路护法神在接受达赖评功论赏时，阿苦当吉却遭到冷落，于是心直口快的阿苦当吉不想护送达赖回到拉萨去，达赖为了表示歉意说你一路护驾有功，并敬献哈达以示感谢，达赖说回拉萨已没有你的寺院了，这山背面有个寺院就作为供奉你的寺院吧！这就是我们下面要去参观的郭沙寺。这个山口也因羊累了在此休息而得名羊子山口。

　　这种传说当然是不靠谱的事情，实际上郭沙寺建于元至正十八年，即1358年。是西藏萨迦寺指派藏传佛教僧侣仲嘎吉村赴京朝见皇帝归来后建设，取名呷登桑昂取林地。仲嘎吉村大师圆寂后,将其画成一副30米的唐卡画像,珍藏至今,是该寺的镇寺之宝。一年一度的大型宗教日,即藏历十月二十五日,寺庙才把画像展挂于房顶,名曰"晒佛节"。每年的晒佛节,方圆百里成千上万的藏民赶来持香磕头,顶礼膜拜。明崇祯十二年,即1639年,固始汗带领蒙古军在康巴地区推行黄教时更名郭沙寺,沿用至今。清光绪十年,即1884年,由理塘寺郭绒活佛做主持,对寺庙进行再次改建,正殿两层共80根柱子,还有僧房62间,该寺名胜倍增,僧侣广进,香火旺盛,郭绒活佛圆寂后,其塑像供奉至今。寺内珍藏文物上百件,其中元朝和清朝年间的唐卡画30多幅。

有人说剪子弯山的意思就是说像剪刀剪出来的山路,这个比喻我总觉得有些牵强,不过剪子弯山确实与折多山大不相同,植被茂盛而高大,山势险峻而局促,不像是大开大合的高原气象,倒像是闽南的险山峻岭。

由于前一天大家在雅江都受到了剪子弯山到海子山一带抢劫如何风行的教育,因此体力不好的、胆小的和陪着MM的都集体搭车出发,剩下的大概集中了20多人,互相约定大家都在一起骑行,以防不测。

事实证明,人多力量大,全程安全;事实也证明,没有纪律的20多人凑在一起,很快就是一盘散沙。

出了雅江就是一路冲波逆折的陡坡,几乎是半小时内,大家都进入了"骑车极限状态"——这个名词是我杜撰的,其实每天爬山大部分时间我们都处于一种状态:即你无法骑得更快,但你也不会倒下——姑且称之为"骑车极限状态"。

几个大陡坡过后,队伍变成零散在几公里道路上的长龙,我基本还是和自己的队友骑在一起,大家一路努力坚持着尽量不掉开大队。每当遇到山林茂密、坡陡弯急的地方,我不禁都会想到晴空里响起一声呼哨,竖起一杆大旗,几条赤条条大汉手执车抡板斧跳将出来:"此山是我开,此树是我栽,要想从此过,留下买路财!"然后众人战作一团,三百回合后惺惺相惜,在聚义厅内大摆夜宴,就此揭竿落草……

我承认,我是个想象力过于丰富的人。

峰回路转间,居然出现一个村庄,这样高原中的村庄生活条件是很恶劣的。

也许是中国文化的特点和故土难离,我们中国人在一些极端恶劣的自然条件下会选择艰难生存而不去迁徙,比如西北一些常年干旱的地区,再如川、贵、滇的一些贫困山区,这些地方人们日复一日、年复一年在贫穷和落后中挣

阿龙和老唐的自行车,请注意驼包,明显没有我中国邮政的拉风

扎。我们这个民族太温和，太能忍受，太不具有侵略性。

这一点欧洲人就与我们截然不同，一个岛国可以侵占大半个地球，一群拓荒者能占领一个大陆。他们是建立在野蛮本质上的文明，是披着理想主义羊皮的实用主义。即便是今天，不也干得出跑到别的国家把人家总统绞死的事情嘛！

以西藏为例，我们在这里修路架桥、建设村庄、分发牛羊帐篷，每年投入那么多金钱、人力和物力提高西藏人民的生活水平，而一般藏民尤其是牧民一面放养着牦牛绵羊，一面挖松茸虫草的收入，远远高于内地的农民和城市工薪阶层，甚至相当于我们的中产阶级——而且藏民也不用为了住房贷款和单双号费神。

而那些当年靠当土匪海盗成名的人，居然直到今天还想当然地认为西藏是什么土地都流淌着牛奶的纯洁的圣土，藏民生活得如何艰难和受到欺压，每年我们的政府会掠夺多少资源多少金钱——真是滑天下之大稽。

我们这个国家太大太复杂，我们面对的这个世界更是强敌林立，想让老百姓既安居乐业又活得有尊严，真是一件困难和伟大的事情。

因此，多理解，少抱怨。

出了村庄不久，重庆队的领队着了急，他的队员全都不见了，在这样一座大山，真是一件让人担心的事情，可一会上来的人居然说看到他的队员搭着拖拉机回雅江了——于是我们的担心成了滑稽，他的担心成了愤怒。

无法评论。

很快到了中午，正当准备找地方休息的时候，两个操着北京口音的女人，全副武装骑下山来，在我们面前呼啸而过，冲我们喊道："我们回来了！"不由得让我们啧啧称奇。

午饭时间到，正赶上谢长官、余老师和小许的"后勤给养"车赶到，车上卸下的是啤酒和大块的牦牛肉！我从包里拿出了一块塑料布在路边铺开，摆开野炊的架势……

别的队那些靠着自行车喝点水吃点干粮的兄弟们,实在不忍心看到我们如此腐败,一个个很快就离开了。

酒过三巡,菜过五味,正是登山的好时节。谢长官把我们的行李先弄到119道班,然后他们直接杀到理塘。我们轻装前进,一路向上。

大家一路慢慢上行,一路在崩溃的边缘徘徊,我和阿龙深刻讨论了关于抢劫的问题,还在路边折了几个树枝做武器,不过再骑行一会后,我们的体力对于抢劫几乎完全丧失了抵抗能力——抢就抢吧,抢完了麻烦直接把我们送到119道班——那几根树枝也不知道丢到哪个爪哇国去了。

我和阿龙远远落在后面,忽然发现道路居然是下坡,我们俩面面相觑,如果你只爬一座山,那下坡就意味着胜利和终点,但当你还要面对十几座山的时候,下得越多就意味着你之后爬的越多,所以下坡也不总是让人愉悦的事情——世界上有些透支的快乐也许就是对悲伤的积攒。

终于到了山脚,一座漫山牧草的高山伫立在我们面前,仰面观之,一线天路大有直冲云霄之势,这样的声势,直接把我和阿龙打垮在地——该不是还要翻过这座山吧,那我们就在这露宿好了。

阿弥陀佛,转弯的山坳里就是赫赫有名的119道班。

爬进119道班——确实是爬的——自然得到如雷贯耳的班长和班长夫人的款待,我们四个被安排到了天字一号房,放下行李,我直接冲到刚才进门时看到的山泉边,也顾不得来车往,脱得赤条条从头到脚在接近0℃的山泉里洗了个痛快,洗完我才注意到山上漫山的牦牛——估计我的洗澡水是这些哥们用完了的。

算了,我努力不去想水里有什么。

进来穿得严严实实的,先干了我珍藏的一罐啤酒,然后连吃几碗119肉汤

面——这顿饭被评为整个川藏线上最丰盛的一餐,而且最重要的是这也是阿龙唯一没有去舔盘子的一餐——居然剩下了饭菜,此后每当念及此事大家都是恨恨的。一位老兄怀疑自己感冒了,我索性把所有的感冒药都给了他——此刻我的感觉大概是,这样的一天都爬完了,这些零零碎碎的东西也就不需要了。

晚餐过后,传说中119道班是有手机信号的,所以我们集体爬上山坡,联通在左边,移动在右边,没带手机的站中间,其实我感觉大家真没什么电话可打,就是图个新鲜,不过我倒建

今晚就住这里了,棚顶可以看到星星,侧面可以看到车灯

议当地政府在119背面的山上立个广告牌,无论宣传什么,其关注度都会超过中央二套的"3·15"晚会。

终于到了就寝时间,其实七月的119还是有些冷的,我们四个在睡袋里保持了睡前讲笑话的优良传统,胡闹了大半夜——反正也睡不着,一方面有些高原反应,另一方面这房子的顶上就差没看到星星了,过辆大车屋子里就照得通亮。

突然发现我们的墙上满是文字,大家打开电筒四处观瞧,骑友的创造力实在是不凡的,比如一位哥们写道:脸晒黑了,手磨破了,车架断了,轮胎爆

119的涂鸦

了……而另外一条"劳民伤财，再也不来！"——被大家公认可奉为119涂鸦之经典。

我突发奇想，如果写上"全国办证兼代买拉萨火车票"然后把佘老师的电话署在下面，应该是很有戏剧效果的。

都表扬我一下吧，这个邪恶的念头我没有实施。

第十二天　号外篇　妄谈佛学

其实我是个伪无神论者，我很希望这个世界举头三尺有神明，希望善有善报，恶有恶报，希望人性本善，希望世事皆有规律，希望有典籍可以助我参透生老病死、七情六欲和我的无知。

这是人生的痛苦，也是人生的乐趣。

想一想如果这些都能轻易参透放下，没有大情大性、大喜大悲、大起大落、大捭大阖的经历，人之一生何其无味。

想一想这也是一个对宗教最佳的反向论证——如果人生而知之，那么宗教岂不是失去了存在的意义和作用？只有我们承认这个世界一切的虚伪、恶性、不可知与人生的痛苦，才有机会证明宗教可以足够伟大到战胜这一切。

如果让我选择一门宗教，我必然选择佛教。

释尊在《般舟三昧经》中说："不得事余道，不得拜于天，不得祠神鬼，不得视吉良日。"又云，"不得卜问请祟，符咒厌怪，祠祀解奏，亦不得择良日良时。"

当然现在的愚男信女把寺庙里的泥塑木胎当成是可以求钱、求福、求子、求功名的机器猫，把贿赂庙祝当成是佛法的修行。

这是佛教被世俗利用的可悲和世俗曲解佛教的可笑。

再者，佛教是无神论宗教。

这听起来有点有趣，作为世界三大宗教之一的佛教竟然是一个无神论的宗教——至少我认为是的。

乔达摩·悉达多（约公元前565—前486）作为佛教的创始人，就是一个普通的人，他看到了也同样地经历了生老病死，他思考了人生的痛苦。

为了寻求这一切的解决办法，他创造了佛教。他的弟子发展、丰富、完善当然也少不了歪曲了教义，再经过转播和与各种文化的结合，形成了今天的佛教。

佛法经过千年的传播，无数智慧的雕琢，尤其是传入中国后，与中国文化水乳交融，已成一门高深圆融、博大精微的学问。梁启超说："佛教是智信，不

格桑花海中的经幡

是迷信,是兼善而非独善,乃入世而非厌世。"

换句话说,佛学,乃是中国人入世的人生哲学,不是讲"乱力怪神"的神的宗教,而是人创造,人发展,人丰富,人改变,是人的哲学。

佛的最终目的不是救赎、忏悔、改变,而是让人不断调和自己的心态,提高对世界的认识以至拥有解决人生痛苦的大智慧。

释迦牟尼,本是古印度迦毗罗卫国(今尼泊尔境内)的太子,属刹帝利种姓。父为净饭王,母为摩耶夫人,佛为太子时名叫乔达摩·悉达多,意为"一切义成就者"。

这个可以作为 WINDOWS 的桌面

释迦牟尼的意思是"能仁""能儒""能忍""能寂"等,因父为释迦族,成道后被尊称为释迦牟尼,义即"释迦族的圣人"。

首先,我们可以得知,佛教的创始人,是一个人,不是神。他没有创世纪、造天地,也没有无边的法力;他不会说你们都是我的羔羊,也没有显现什么神迹。

他甚至有父母,有生死。

据佛经记载,佛陀在19岁时,有感于人世生、老、病、死等诸多苦恼,舍弃王族生活,出家修行。35岁在菩提树下悟道,遂开启佛教,弘法45年。年近80岁左右在拘尸那迦城示现涅槃。另一说为30岁成道,弘法49年。

释迦牟尼所在的时代是婆罗门教的天下,他也曾是婆罗门教的遵行者,有深入的学习和领会。然而佛陀并非毫无选择地全盘接受,而是对于一些婆罗门教无法解决的问题提出了一些自己新的看法。

印度教以吠陀天启、祭祀万能、婆罗门至上为三大纲领,夹带着浓厚的神权色彩;种族之间不能通婚,而且只有前三种姓才有资格加入婆罗门教。这种在种姓制度下形成的种族歧视至今在印度社会依然存在着深深的烙印。

佛教却否认印度教原有的万能之说,主张四姓平等,人人皆有佛性,万物一体,我即众生,众生即我,心、佛、众生三无差别。

可以说,佛教的产生是有其特殊历史原因的,佛教更像是解决当时社会问题和个人信仰问题的一个济世良方。

释迦牟尼佛的主要活动范围,在恒河两岸的憍萨罗国、摩揭陀国和毗舍离国之间,所以他说法使用的语言很可能是印度东部的方言摩揭陀语。佛入涅槃后,弟子们编纂佛典时使用的语言,也应该是摩揭陀语。但是随着佛教传播地区的逐渐扩大,在各种方言的影响之下,佛教语言不可能保持纯正不染,学者又称呼此为半摩揭陀语。

佛教的理论是关于解脱的理论,语言只是工具而不是目的,所以佛陀拒绝弟子要求依婆罗门传统以梵文为统一的传教语言,而允许弟子以自己的母语

来传播佛教。因此早期的佛教经典也不以梵文写成。

这一点看似无关大事,但其实很重要。

基督教的初期,所有的《圣经》都是用拉丁文书写,只有神职人员才能阅读,也只有他们才能阅读得懂。这样就将宗教的解释权和运用权操控在少数人手中,教会的实力空前强大。直到路德的宗教改革后,《圣经》才逐步走进普通人的家中。

个体对信仰的自我解释权利是很重要的。佛教作为一个着重开发自我内心的觉性的宗教,主张:人人皆有佛性,人人皆能成佛。直接摒弃了特权阶级,甚至摒弃了神权,而且将众生放置在平等的地位上,让宗教自由传播而不是成为统治阶级的武器,这正是佛教超越其他宗教的一个特质。

而且自由传播还导致佛教与各种文化不断糅合,比如中国现在的佛教禅宗,就是典型的与中国儒道文化相结合的产物。

平等、开放、温和、自由,这就是佛教令人着迷的地方。

第十三天　阳关三叠之天路（119 道班—理塘110 公里）

7月27日　农历:六月十四日　星期五
干支:丁亥年　丁未月　壬戌日

今日,我们在天上骑行。

——笔者

鸟瞰巴塘

尤其是这样一个细雨纷飞的早晨,119更让人觉得像浮在一片湿冷的云里,高原清晨低垂的云与巨大的草场相映成恢宏大气的幕布,而那巨大背景下青草、道路和破旧房屋与背景所反差出的强烈清晰的细节,让人觉得整个世界美到不真实。

今天是川藏线上平均骑行海拔最高的一天,我们将全程在四千米海拔以上骑行,还要翻越五座五千米左右的高山,目标是世界第一高城理塘。

早晨起来,大家收拾完驮包,吃了热气腾腾的早饭,都忙着拉着119道班的班长合影——班长应该算是川藏线第一偶像派名人,其魅力足以谋杀所有到达119道班的骑友至少一张菲林。

我也看到有人对119道班收吃饭和住宿费用说三道四,其实我们对于119都不过是过客,主人能够供给一饭一宿已是不易,如果连这都不能理解,不能包容,那么你为什么还要来到川藏线呢?

跋涉几千公里来到119道班,如果你想到的是挑剔饭菜质量、住宿条件和收费标准,那你的现实生活若不是"幼稚"也实难以逃出"憋屈"这两个字。

在路上骑多远不重要,重要的是自己心里的路程有多远。

珍惜吧,若干年以后,119道班将成为中国骑友的圣地,我们坐过的木凳、睡过的地板、墙上的涂鸦也将成为大家顶礼膜拜的圣物。而吕班长也好,未来的张班长、王班长也好,必将被无数人传诵和铭记,我们的脚印,将悄无声息地消失在川藏线上。

出了119,昨天直冲云霄的一线天路就在眼前,出发5分钟后凄冷的细雨在第一时间就让所有人感受到了崩溃是什么感觉。

高原的雨让骑行者很痛苦,道路湿滑不说,外衣也是湿的,而内衣也很快会被汗水浸透,一停下来,全身都冰冷,骑行一个小时后,你会想不起来这个世界还有什么是干爽的。

转过山顶,一切骑行的痛苦都在眼前的景色中瞬间消失,一条黑亮色的公路蜿蜒在高原连绵的山丘草场与天际垂下的暗色云层的边缘之间，在雨中，不知道哪个方向的光把这些道路照得通亮，仿佛一条无尽的天路在半空中飞舞。

　　这种景色是再生花的妙笔都无法传神描绘，无论多广的镜头、多先进的相机都无法真实记录的，这种景观给人的是如同被闪电击中一般瞬间忘我的震撼。

　　大自然就是造物主，是魔术师，是这个世界上最伟大的艺术家，他的魅力在于可以用一种不夹杂情感和好恶的手段，于极大、极小、极其细微或是恢宏的整体上轻而易举地构成震撼人心的美丽，而我们都是心醉的看客，他一个手

最牛搭车

段就能让我们如痴如醉。

极目远眺没有边际的高原草场,那些无名的高山仿佛一尊尊天神在四周默默地伫立,注视着我们在这条天路上的骑行。

我们忘记了惊叹,甚至也很少去拍照,因为这种有力量的美,锤击着我们的心灵,相机与我们的眼睛所看到的一切相比,实在是让人惭愧而微不足道的。

在这样的景色中如痴如醉地行进,卡子拉山也许是整个川藏线最容易爬的山,即便有寒冷的雨,我们还是在中午之前到达了垭口。垭口处有一家牧民的帐篷,主人热情地邀请大家去做客,几个骑友也应邀去喝了酥油茶。

我和阿龙、老唐一起商量决定继续前进,到雷达站附近再休息,主要是考虑大家都已经冷得要冻僵了,如果雨一直这样下下去,骑到理塘几乎是不可能完成的任务,趁还有体力,得尽快向前赶过去,至少找个能休息的地方。

出了卡子拉山垭口,坡势逐渐变缓,起起伏伏间就到了雷达站,雷达站的门前修了一个半开的小房子,里面放着热水供路人饮用,据说这一习惯已经持续了很多年。两个冻得瑟瑟缩缩的藏民在里面避雨,我们也不好多逗留,就继续赶路了。

这里我很想"小题大做"地说一句,雷达站作为军事设施是不允许拍照的,可是我在网上还是看到了有不少骑友在这里扬扬得意地拍照留念。可能有些人会说:一个雷达站,就在路边拍张照片有什么大不了的?我不想解释雷达站拍照的利弊问题,"军事禁地,严禁拍照"的重要性如果在这做解释我会觉得很滑稽,如果我为你们解释,我会觉得你们很愚蠢。每天喊着爱国口号,动辄论坛上发帖子骂街的、跟风起哄的不是为国为民的热血愤青,而是撒泼无知的可怜小丑。想维护我们的国家,请从尊重我们的制度、尊重我们的国家做起。

卡子拉山到雷达站一路上起起伏伏,没有太高的山岭,过了雷达站,不久便开始一路下坡,下到坡底是一个小村庄,我们找到了一处类似道班的地方,在后院开始大饼香肠的午饭,几只小狗在我旁边绕来绕去,我给它们大饼,他们居然不吃,眼巴巴地盯着我手里吃了一半的香肠,唉,看看我们都跟落汤鸡一样的模样,"同是天涯沦落人",剩下的哥几个分了吧!

一边吃我们一边嘀咕,所谓的卡子拉山后再翻四座山到理塘,刚才那些坑坑包包的算不算山?算是第几座山呢?

找了个貌似和善的当地人打听了下,结果是还有四座山,刚才那些都不算,我们面面相觑,阿龙意味深长的一声长叹:"我的妈呀!"——请注意陕西话的发音。

陕西是个好地方啊,随便挖个坑就能出个宝贝,哪里像我们东北,往上数两百年就只有狗熊了。

致富奔小康真是一件很艰难的事情。

遥想,如果当年秦始皇好好经营个千秋万载的,那现在我们的官方语言就是陕西话了。不过我一直想向国家工商总局投诉陕西一件重大问题:两片饼夹着肉这种食品,一直以来陕西都以"肉夹馍"的名称来欺骗全国人民,这明明是"馍夹肉"嘛!简直是证据确凿地恶意欺骗消费者——这种以一省之力欺骗全国人民的事件不是绝后也算空前。

不过一个狡猾的陕西朋友给我解释为:"肉夹馍"是典型的被动句,就是说"肉"被"馍"夹,我不由得语塞——我"恨"中国话!

吃饱了大饼,继续前行,好在天公作美,瞬间碧空万里,谁知道翻了几个小山包后,居然是一路下坡,我和阿龙一边并肩骑行,一边用最难听的脏话诅咒着下坡——下得越多,爬得越多,而且今天还有四座山要爬——这个世界下坡才是让人绝望的东西。

终于下到坡底,看着漫长无边的盘山上坡路,我们欢呼雀跃——只有这种极端的情况,人才能产生这么变态的快乐。

四座不知名字的山就是我们整个下午行程的心魔,在没有明显垭口标志

休息的常态

的情况下,我们看哪里都像山,"一"到"四"这几个数字在极度疲劳的情况下,几乎不能正确地判断和读取,原来这个世界最可怕的不是辛苦地爬坡,而是看不到终点。

于是,我们看到早晨一起出行119的人一个一个呼啸着搭车而去,当我们再次来到一个看起来几乎没有尽头的山坡前,我直接扔掉车子躺了下来——这一路我躺下很多次,但这次真的崩溃到极限——这时候一位骑友从后面赶上来,一起倒下后,抱怨说一直在拉肚子,实在不行了必须搭车走。正巧一辆翻斗车开了过来,我们拦下车,和司机说明了情况。司机很热情,自行车放在前面的铲斗里,人坐在铲车上威风凛凛地一路绝尘而去——这可谓是川藏线最牛的一次搭车。

我们讨论了下是否搭车的问题,最后达成共识——都到这里了,老子爬都要爬过去,于是我们四个坚定信念,咬着牙爬起来继续上山。转过山腰,不同于早晨出发阴雨高原的压抑,雨后蓝天下的高原草场呈现在我们面前。

那种绿,绿得动人心魄;那种蓝,蓝得让人毛孔倒竖。这样的美景是可以让人痴痴地看到忘俗,这样的美景让人真想痛饮三杯,"半箱美酒半箱书,半程山色半坦途",这样的生活何其洒脱写意。

翻过垭口不久,两个漂亮的弧线路下,理塘四平八稳地摆开在高原群山之中,风驰电掣地冲下山去,在理塘"世界第一高城"的牌楼下,队友们正在等待我们的到来。七个小矮人再次团聚,合影留念后,忽然想到搭翻斗车的那位兄弟,要是知道他倒在最后一座山的半山腰,不知道他作何感想。

理塘世称"世界高城",海拔 4200 米,比西藏拉萨还要高 300 多米,是世界上海拔最高的县城之一。理塘,藏语叫"勒通",意为平坦如铜镜似的草原。自古便是商贾云集、茶马互市的重镇,川藏公路南线横穿县城,理(塘)乡(城)至云南的公路也从这里开始。县内居住着藏、汉、回、彝、土家、纳西、苗、羌等民族,其中藏族人口占多数,是康巴藏民族的聚居地。

"洁白的仙鹤啊,请把双翅借给我。不飞遥远的地方,仅到理塘转一转,就飞回来……"这首诗的作者是赫赫有名的第六世达赖藏传佛教僧侣仓央嘉措。

八世达赖藏传佛教僧侣仓央嘉措,著有《仓央嘉措情歌》,生于 1683 年。1697 年,被选定为五世达赖的"转世灵童"。在此之前,仓央嘉措生活在民间,虽然家中世代信奉宁玛派佛教,但这派教规并不禁止僧徒娶妻生子。而达赖所属的格鲁派佛教则严禁僧侣结婚成家、接近妇女。

仓央嘉措在藏王桑杰嘉措的严格监督下学经。在学习过程中,对宗教毫无兴趣，向往自由的仓央嘉措往往痛苦到凄然泪下，常常用拳头猛击自己的头，擂自己的胸："真没想到，人世间的高低贵贱、欢乐悲伤全都集中到我一个人的头上。"——这真让我想起我在上学的时候，学习那些毫无意义的、令人窒息的东西，仅仅为了弄张废纸一样的毕业文凭，是何其可悲、可笑和痛苦的经历。

于是，长大的仓央嘉措白天以密法佛徒出现，夜晚则化名荡桑汪波游荡于酒肆、民家及拉萨街头，以至于竟在布达拉宫内："身著翩翩绸缎，手戴闪闪金戒，头蓄飘飘长发，且歌且舞且饮。"甚至1702年巡游日喀则时向其师班禅罗桑益西送回僧衣以示退戒。

据说信徒们从来不怪仓央嘉措风流，只要是活佛的情绪，只要活佛做的事情，他们都表示认可，更何况一个了不起的活佛居然表达出大胆追求爱情，反对扼杀人性的凡人一样的情感。仓央嘉措真乃天人，而藏民也纯真得可爱。

后来人们根据刚才那首仙鹤的诗，在理塘找到了转世灵童七世达赖的格桑嘉措，用如此浪漫的方式去寻找宗教领袖，让我觉得，宗教有时候也是很美丽的。

仓央嘉措是人世间的神王，是留恋世俗的情圣，是才华横溢的诗人。历史上能与其比肩的大概只有南唐后主李煜了。

比诗歌和传说更美好的是老谢、老余和小许为我们准备的丰盛的晚餐，他们还特意去买了条鱼，而谢长官亲自督厨，让我们大快朵颐。这几个家伙这两天可是逍遥自在，四处游览理塘的名胜，到处和美女吹牛聊天。

席间我们商量了一下明天的安排，本来是打算在理塘休整，但这三位表示这里高原反应严重，晚上睡不着觉，于是大家决定明天一路杀到巴塘再休息。

吃过了晚饭，我提议去泡一下理塘著名的温泉，但遭到了所有人的反对，他们都说泡了温泉人的力气会散掉——你们都没吃过牛肉丸吗？水煮之前都

这里的小朋友们还算不错，没有扎西德勒一块钱的口号

是散的，煮好了才变得又弹又韧的——真是一帮顽固无知的家伙！

英明的我决定力排众议，独自去泡，结果——全城停电，结果——我直到离开西藏也没能有机会泡一次温泉。

人生不得意，十之八九啊。

第十三天　号外篇之二——论宗教

宗教是如何产生的？

官方解释是：宗教是人类社会发展到一定历史阶段出现的一种文化现象，属于社会意识形态。

近代物理学的奠基者牛顿从小就是一个坚定的信徒，他称他只是发现"上帝的荣耀"，而不是"牛顿定律"。

牛顿说："在没有物质的地方有什么存在呢？太阳与行星的引力从何而来呢？宇宙的万象为什么秩序井然呢？行星的目的是什么？……动物的眼睛是根据光学原理所设计的吗？……岂不是宇宙间有一位造物主吗？……虽然科学未能立刻使我们明白万物的原理，但它引导我们归向宇宙的主宰。"

当一切无法用合理的科学和理论解释的时候，当我们惊恐于自己的无知和无能为力的时候，神显然是个可以解决一切的方案。

而对生的渴望强烈凸显了人类对死亡的恐惧，人类无法违背甚至探究这种必然的自然规律，所以不甘心彻底消亡于世界的人们只能求助于永生、地狱、天堂、轮回等等的宗教理论来平息自己的恐惧。

当我们无知的时候，就求助于超越现实的所谓的神。

什么是宗教？

一个宗教之所以成为宗教，是因为它包括三个层面：其一为宗教的思想观念及感情体验（教义）；二为宗教的创始人，以及膜拜对象（教主、神）；三为宗教的教职制度及社会组织(教团)。

第一个层面告诉我们说,宗教是有规则的,有基本的理论的,是成系统的。

而教义是人编写的,理论是人创造的,系统是人控制的,显然人是靠不住的。于是对同一宗教会有很多不同的理解和认识,这些认识逐渐会分裂成各种派系,于是就有了东正教、摩门教、路德派、逊尼派,等等……不一而足。

这就有了一个有意思的理论,既然有不同,那肯定有……的,或者——没有人是对的。换句话说,我们对宗教的教义也是无知的。

我们为了拯救自己的无知而信奉宗教的时候,得到的竟然是另一个无知的世界,真是绝妙的讽刺。

第二个层面说的是神,就是上帝、安拉、释迦牟尼、美杜莎和王母娘娘之类角色。

神千奇百怪,法力无边,但是是有其共性的。

第一,神都具有人的形象和人的心理活动,有和人相同的意识。

由于神不过是人的思想的一种折射,所以我们的神拥有人类的一切美德和拿不上台面的龌龊。傲慢、妒忌、暴怒、懒惰、贪婪、贪食、色欲,哪一宗罪我们的神都犯过。

于是有意思的事情是,我们在崇拜一个神的时候,这个神的行为未必会比我们更高尚。

第二,他超越了自然规律,凌驾于自然规律之上,不受因果规律约束,无法接受科学研究。

宗教塑造的神,必然是超出自然规律的,否则就无法震慑信徒,无法惩戒传说的敌人,无法实现超自然的神迹。

神是不可用科学的方式进行研究和推求的——因为他经受不起研究,而看看那些昨天所谓的神迹和超自然现象,今天有多少已经变成了江湖骗子和自然现象。

第三,神在想象中主宰着世界或部分世界,能随意而轻易改变或影响其主宰的世界。

神创造世界并且可以毁灭世界几乎是所有宗教的大前提,然后大神再按亲疏远近,按人间的各种官僚体制把权力分封给诸多小神。

至于神的力量有多大,我认为神的力量是零,而面对神的人的力量是无穷。看看那些遍布世界的壮丽的神庙、雄伟的佛像和数以亿计的庙宇,这就是宗教的力量。

有意思的是,中国目前最盛行的佛教是一个无神论的宗教。

佛教主张一切生命都是"因缘所生",而非由源自一个全能的造物主,佛教尤其是禅宗还力主"万物平等皆可成佛"的理论,也就是说人人都可成佛成神,也就没有了那个万能的神。

那么愚蠢的问题是,是否有神呢?

奥卡姆剃刀原则说:如果两个理论都能解释现象,那么我们应该要取比较简单的那一个。

既然在可观测的范围内假设没有神也不会起任何影响,那么我建议还是没有的比较好,否则每天晚上睡觉的时候想到有个家伙就在我的屋子里不吃不喝冷冷地看着我在做什么,多少有点毛骨悚然。

宗教是社会的产物。

宗教的产生也许不带有目的性,但宗教的发展史带有强烈的目的性。

宗教不是迷信,可惜很少有人知道它们的区别。

宗教作为一种善的个体信仰是可以规范人的行为、排解人的痛苦、树立人的信心、坚定人的信念的,而这一切都是人类应该具备的美德。

我们注定无知,我们在追寻的,其实不过是一种智慧。

这种智慧,可以战胜我们内心的恶,能够平衡我们的欲,能够排解我们的痛苦,能够拿起责任,放下包袱……

　　如果能得到这种大智慧,我们就是自己的神,信仰什么、崇敬什么都不重要。

　　如果得不到这种大智慧,即使你供奉上漫天的神佛,也不过是芸芸众生中一个空虚可悲的灵魂罢了。

第十四天　阳关三叠之夜奔（巴塘—理塘170公里）

7月28日　农历：六月十五日　星期六
干支：丁亥年　丁未月　癸亥日

其实这一天是我们川藏线上最精彩的一天之一，也是八名队友第一次集体骑行，值得纪念。

——笔者

从理塘出发的时候实际上我们只知道要翻越赫赫有名的海子山，但并不知道今天的目标是哪里，因为只是听说拉拉山有6个隧道，不用再爬山了，也就是说从海子山口到巴塘一直是下坡，这样一天赶到巴塘就成为了可能，但"可能"就意味着具体什么情况，能不能赶到还是未知的事情。

我喜欢这样的出行方式，出发就是很幸福的事情，至于到哪里停下，哪里是终点，并不重要。而且经过119的一路骑行，大家似乎对未来的路已经没什么担心的感觉——再难也不会超过昨天的标准吧——事实确实如此，此后的川藏线，虽然道路和风景不尽相同，但骑行难度没有超越这三天的。

从理塘出来后就进入毛垭坝草原，地势颇为平坦，拖拖拉拉地出城后不久，我们这支不断停下来四处拍照的队伍就被同时出发的大部队落得很远，而小白这个不求进取的家伙居然堕落到掉队与我们同行，她老大要是知道这事情估计会按下云头，狠狠批评她。

草原的道路虽然略有起伏,但总体上还算平坦,天气也凉爽得很,大家全然都忘记了前面还有海子山在等我们,一个个悠悠然都骑得很惬意。尤其是我这种糊里糊涂的家伙,对今天的目标居然毫无概念——幸好没有概念,否则估计会被吓得一路拼命骑。

忽然看到了一片长满鲜花的草场,于是大家扔下车子冲过去一阵拍照合影。此时也不知道哪位大侠提出肚子饿了,我展开我的大塑料布,大家拿出午餐。就地野餐——请注意,此时比我们晚出发两个小时的队伍像看怪物一样超过了我们。

酒足饭饱,抖擞精神,向海子山出发!

海子山下的合影,是我们八个伙伴一路最美好的回忆之一

川藏单车行

这时候，为了保持本队伍一贯的戏剧性效果，谢长官决定给大家表演一个保留节目——爆胎！这样刚出发的队伍再次休息，几个人给谢长官补胎，其余的继续躺在马路中间一边装车祸现场一边聊天。

终于可以正常出发了，午饭后的道路逐渐开始上坡，而且风越来越大，大家排成一队，轮流领骑，据说这样可以减少阻力。我也不知道这个方式是否符合空气动力学，但团结协作给人的喜悦是很不一般的。

我的两个自制驮包的劣势逐渐显现出来——活脱脱像拴在自行车后面的两个风筝，风阻太大——于是我开始不断掉队、抱怨，然后再掉队、抱怨——可惜抱怨真解决不了问题，也不见风小一点，只好乖乖地骑车。恨恨地想孙悟空先生的本事真叫人羡慕，棒子一指说风来，风就来了，说雨住，雨就停了。

正顶着风向上骑的时候，忽然看见一只灰白色的大狗——没敢细看，不知道是不是藏獒——垂直于道路远远地向我们追过来，也不知道谁的头型招惹它了，于是大家在4000米海拔的地方以冲刺的方式玩命骑行了五六百米，看它渐渐不追了大家才松了口气，心脏几乎要从嗓子里跳出来，而腿抖得比心跳得还厉害——刘翔不会就是这么练的吧。

生与死，是困扰人类的两个重大的命题，每个民族和地区出生和丧葬的习俗都不尽相同，但都会体现一种对美好的向往和寄托。生命诞生时给人的希望和纯洁的震撼，以及死亡给人彻底的解脱是生命中最重要的两个时间节点。

以前我对生死是不大能看得开的，幼时的恐惧和困惑常常让我彻夜难眠，尤其是当我们以自我为中心来看待自己感知的世界的时候，实在无法给自己的生命一个满意的答案——如果说生命的诞生是一系列偶然事件的碰撞，而死亡却是必然的结果，那么是什么构成了我们存在的意义？

我们都是单行车，终点都一样，这样的事情有点让人沮丧。

但随着年龄的增大，不知道从什么时候开始，我已经能够淡然面对死亡，其实不是大彻大悟，而是麻木不仁。

时间是最好的老师。

我承认,当到达海子山脚下的时候,我撑不住了。海子山一改往日九转连环的盘山道,让人绝望的看似无尽的笔直大路,路两边尽是覆盖皑皑白雪的雪山,我索性一步不骑,开始推车。

不推不知道,原来推车是很风雅的一件事情。在高原之上,雪山之间,推车前行胜似闲庭信步,而最重要的是——推车比骑车要快,这个理论仅适合川藏线的上坡。

好不容易看到了垭口,我和阿龙结伴在前面,这时一位骑友拉住阿龙问:"哥们,你有氧气吗?"随后又道,"麻烦你告诉我们队友,我不行了……"

氧气我们是没有的,正好一辆警车路过,我们赶紧拦下来把这位仁兄送下山去——要是真的在这不行了,可真是不值得。

到达垭口已经是下午6点,逆风爬坡八个小时,几乎达到了生理的极限。在垭口我已经没有庆祝的力气,只想尽快下山才是——此刻我也不知道下山要走多远,只知道穿戴整齐,一路下去就是了。

海子山藏语全称为"夏学雅拉嘎波",意为东方白牦牛山,是西藏最大的古冰体遗迹,共有1145个大小海子。于是下山不久,峰回路转间两个巨大的海子突然出现在我们面前,那晶莹剔透的蓝绿色,仿佛两块突兀于山间的翡翠——翡翠的形容又显得生硬——于是有人说是仙女的眼泪,而背景如刀削斧凿般冰川遗迹的山体,使整个景色美得让人感觉不真实。

这种美,这种震撼让我们唏嘘良久,如果说前几日的风景每天一个变化,每天一种风格,让人欣喜得欢呼雀跃,那么海子山的这两个海子,则是能够让人痴痴地进入梦幻的童话。

突然想起另外一个海子:

> 给每一条河每一座山取一个温暖的名字

童话般的海子山

陌生人，我也为你祝福
愿你有一个灿烂的前程
愿你有情人终成眷属
愿你在尘世获得幸福
我只愿面朝大海，春暖花开

——海子

终于来到第一个隧道前，此时陆陆续续来了一些车友，由于那些隧道还没修好，里面没有灯，还有很多障碍物，大家也不确定这几个隧道是否能通过，只能试试看了。

好在我们七个小矮人队有四盏很亮的灯——别指望我,我连蜡烛都没带。这时候天色刚刚开始暗下来,第一个隧道很短,我们便迅速行动,很快出了隧道,老唐和阿龙出来后可能是觉得今天玩得不够尽兴,于是回头冲着隧道里用标准的陕西和四川普通话喊道:"站住,打劫!"

只听有说有笑的隧道里顿时安静下来,几分钟过后,几个学生模样的人推着车战战兢兢地走了出来:"谁喊的,吓死我们了!"

这几个是湖南大学的学生,只有两三盏微弱灯光的小手电,所以我们就把他们收编,第二个隧道门口前堆了一些建筑材料,里面的情况也不明,犹豫间又陆续收编了几个没电筒的骑友。

大家正在商量下一步怎么办的时候,赶巧来了辆汽车,冲进了隧道,一个骑友看到后,高喊:"我来了!"就跟着车冲了进去——他以为可以借助汽车灯光冲过去——十秒钟后,汽车无影无踪,他在黑暗里摔得七荤八素。我们只能告诉他别动,一会进去救他。

冲动是魔鬼啊!

分配灯光,编好队伍,大家鱼贯而入。为了安全,我们不停地互相提醒控制速度,前面的遇到沙石堆或脚手架,就大声提醒。于是隧道里不时响起警告声:"注意左边、注意右边、减速、保持距离、提醒后面的人。"

不过有个湖南队员还是在沙石堆里摔跤了,他没车灯,链条掉了,卡在飞轮里,最后在唐老师的帮助下把链条重新套上,所幸人无大碍。这个时候,在漆黑的隧道里,大家互相扶持,即便是陌生的骑友,这种互帮互助的精神,也是很让人感动的。

出了隧道又发生了个小插曲,一个学生在我前面突然急刹车,我为了避让他直接翻滚了出去——不远的草丛下就是山涧——而他停车的原因居然是想把路牌拍下来,我没力气批评这个白痴,好在毫发无伤。这时候听到旁边有个声音嘀咕:"这踢足球的身手就是敏捷。"我真想告诉他,哥哥我是打篮球

在路上

出身的。

过完所有的隧道后,天已经完全黑透,不过由于是新修的柏油路,又是下坡,所以我们不费力得就能以时速 40 公里左右的速度前进。隔一段我们就停下来集合,清点人数。几十个人,在弯弯曲曲的山道中,在漆黑的夜晚里,在从来没有一起训练过的情况下,摆开一字长蛇急速赶往巴塘。现在回想起来,何其危险刺激,而那壮观的场面又何其让人难以忘怀。

快到巴塘时,又零零碎碎爬了几个小上坡——幸好都不长,否则大家肯定举手投降,在哗啦哗啦的换变速器的声音和大家的咒骂声中,路边的狗也来凑热闹,追着车咬,来一辆追一辆,害得我们把仅存的一点肾上腺激素也消耗完了,此时又下起了冷冷的雨,老天还算开眼,巴塘到了。

这一天是今生难忘的一天,骑行 173 公里,翻越海子山,与陌生的骑友合作,连穿五个未竣工的隧道,深夜 11 点雨中到达巴塘。

雅江——119——理塘——巴塘,阳关三叠,高潮迭起,尤其是今天无论是美景还是旅程都可谓冠绝川藏之行。

到达巴塘,所有的小旅店都已经关门,只剩"雪域扎西"这个号称星级宾馆的地方,也顾不上价格了,扔下车,冲个凉,我往睡袋里一钻,找个角落酣然入睡。

第十四天　号外篇之三——论爱情

什么是爱情?

三毛说:爱情有如佛家的禅——不可说,不可说,一说就是错。

爱情可以是甜蜜的、幸福的、快乐的、轻松的,让人心跳过速的;爱情也可以是烦恼的、痛苦的、忧伤的,甚至是因爱生恨的。一千个人,有一千个哈姆雷特,每个人的爱情构成和结果又各不相同。爱情是夹杂了人类所有的情感的复合体。

有人认为爱情是这个世界上最美丽的感情,可是爱情的特点是盲目、冲动、贪婪、自以为是——遗憾的是,这与我们做消费者在超市买卫生纸时候的弱点是完全一样的,换句话说,我们选择爱人如同在购物——这听起来多少有些不唯美。

还有更尴尬的是,和购物一样,我们都是喜新厌旧的,保质期一过,有些东西变质的速度超乎想象。

过于多样,过于复杂,过于非理性,过于无法解释,这就是爱情。

爱情产生的原因是什么?

医学家会冷酷地告诉你——相爱不过是种化学反应,性荷尔蒙分泌睾酮和雌激素,进而大脑分泌多巴胺和血清胺。于是我们就在各种化学物质的驱使下坠入爱河。因此爱情带有着化学性的不稳定性,也带有着强烈的不确定性。所以,我们在爱情中经常会有些莫名其妙的行为,被赞誉为——恋爱中的人都

是疯子。

爱情是极度盲目的感情，我们可能因为一个人莫名撩动了你的视觉、触觉、味觉、听觉、嗅觉甚至是直觉的神经末梢，就不可救药地坠入爱河。

然后我们冲动地想追求自己的所爱,无论是"求之不得,寤寐思服,悠哉悠哉,辗转反侧",还是神情激荡,热情如火,都是那么刻骨铭心的甜蜜。

如果把人生比喻成一场电影,那么爱情无疑是最缺乏理性的一幕。

爱情的内容是什么?

爱情的内容是贪婪的动物性的占有、索取和自我满足。

人类是贪婪的动物,我们不惜以毁灭破坏的方式去得到想要的东西,我们无度地索取,不惜以伤害他人的方式满足自己的需求。

尤其以爱情为甚。

爱情的内容不包括婚姻,但不以婚姻为目标的爱情凤毛麟角。

而婚姻生活是一种复合的以契约为基础的需求,包括了性的需求,物质的需求,依靠的需求,社会认同的需求,等等等等。什么东西一旦和需求、欲望扯上了关系,那就必然商业化,那么就意味着必然联系到契约、欺骗和背叛,那么就意味着不会有任何公平而言。

而更有趣的是,所有的爱情都是一场不公平不对等的角力,给予和索取永远不会相同——每个人对每件事的价值衡量标准也是不同的——这是大多数爱情悲剧的根源。

当你为一个人做到了你能做到的一切——即使这一切看起来已经是达到了极限甚至不可思议,即使你从不索取,但如果她想要的却得不到——那么你做的这一切就没有了意义。

"得不到的葡萄永远最甜",这是很多人类的共性。

可悲的是当我们得到了那粒看似最甜的葡萄的时候,绝大多数时候会发现不过尔尔。

而那些曾经拥有的美好,却再也不会回来。

爱情的结果是什么?

培根说:舞台上的爱情比生活中的爱情要美好得多。因为在舞台上,爱情只是喜剧和悲剧的素材,而在人生中,爱情却常常招来不幸。

这些不幸的原因是真正的爱情与婚姻无关,与孩子无关,与金钱和物质都无关,但生活与这些都有关,所以当一个人用婚姻、孩子、金钱作为筹码的时候,这样的爱情目的已经不再是你的爱人,这样的爱情不过就是披在充满利益和欲望生活外面的一件皇帝的新装。

同样的,怜悯和愧疚也不是爱情。你觉得这个人为你做的太多而愧疚,觉得某个人快要死了而怜悯,这样的爱情都会被一个杀手终结掉——这个冷酷的杀手就是时间。

而爱情又离不开物质,没有物质的爱情就是空中楼阁,但物质上的爱最重要的不是你为你的爱人做了什么,而是你努力做了什么,一位百万富翁花十万元与自己的爱人旅游, 和一个穷小子用他仅有的一元钱买上几根青菜和他的爱人吃上三顿是完全不可比拟的。

可是能被物质考验的爱情又有多少?

爱情是一种奢侈品,也是一种易碎品。所以大多数爱情都是不会拥有结果的,所以很多婚姻并不是以爱情为基础的。只是因为人性是善良的,所以一些爱情最终会转化为亲情、习惯,也许那时候的爱情已经不再激动人心,但这就是生活。

这才是爱情的结果。

那么什么是真正的爱情?

如果爱是海洋,那么真爱就是海洋里最美丽的珍珠,爱都是多样的,是抽象的,真爱也许需要这个世界最复杂的语言来表述,但翻译成汉语只有两个字——牺牲。

勇敢地为自己的所爱去放弃自己的需求和理想,放弃自己的习惯和原则,改变自己的生活方式,这就是牺牲。去容忍所爱的错误,容忍所有的差异之处,这就是牺牲。

有趣的是,面对爱情,肯牺牲的人未必能获得他的爱人,甚至,有的时候真爱就意味着离开和放弃——因为爱情从来不是一个公平的游戏。

而且,不是每份真爱,都能获得被爱者的理解。

所以,最美丽的爱情故事都是悲剧。

朋友,你真心地爱过一个人吗?

去爱一个人吧,去享受爱的幸福,无论未来何种结果;去爱一个人吧,爱情是上帝唯一赐予我们的魔法一样的情感,可以让你有勇气去战胜世俗和自己。

去爱一个人吧,即使有一天这爱情已经不在,即使你只剩下刻骨的忧伤和痛苦,当你回首你所经历的一切,你拥有的却是甜蜜和珍惜。

我们于茫茫宇宙中相识,短暂的相聚后,不免一切将成为死寂。如果能够相爱,为何不"死生契阔,不弃不离"。

人世间又有多少人能参透这些道理。

于一个阳光明媚而又清凉的清晨,在你身边的那个人,看窗外散发着清香,随风淡淡飘舞的白色床单,然后两个人相视一笑——一天这样的生活是爱情,一生这样的生活就是所谓的幸福。

第十五天　鹏城休整

7月29日　农历:六月十六日　星期日
干支:丁亥年　丁未月　甲子日

　　走得越久,你越恨自行车,越喜欢床。

——笔者

　　巴塘,古为羌地。汉系白狼国地,唐属吐蕃。最早见于清康熙五十八年(1719)《清实录》,系藏语译音,意为"绵羊声坝",含吉祥之意。巴塘县驻地,原系四山生命,绿野中开的一片草地,放牧牛羊,到处一片"咩咩"叫声,藏语"咩"即为"巴"音,因而以声音定地名,取名"巴塘"。

　　虽然昨夜下了一夜的雨,但巴塘的清晨依旧是暖洋洋的,我保持着休整日必然早起的优良传统,一个人出了雪域扎西,转角的小店居然有豆浆和油条供应,让我很惊喜——十几天了,终于吃到了点熟悉的食物。

　　小时候早晨经常去豆腐坊买豆浆,在满是蒸汽的小房子里,焦急地等待豆浆熬好,然后装满大搪瓷缸,沿着小路慢慢走回家,有的时候遇到老板娘心情好,还会给一张新鲜的豆腐皮什么的作为添头,那醇香的味道至今难忘。

　　2000年,巴塘被中国文化部命名为"中国民族艺术(弦子)之乡",巴塘弦子也被列入我国"非物质文化遗产"名录,弦子就是巴塘的城市名片。巴塘的城中心有一个赫赫有名的金弦子广场,据说每天晚上男女老少都在这个广

场上跳弦子，有时候达到上千人。

早上的广场很冷清，我独自在那里转了一圈，广场上有两组雕像，一尊是一只大鹏鸟，"巴塘城啊巴塘城，巴塘城坐落在大鹏鸟身上"，悠扬的弦子唱出的是巴塘的一个美丽别称"鹏城"。

另外一尊大象、猴子、兔子、小鸟的雕像，据说源于《释迦牟尼本生传》，是藏族传统吉祥图案中的"和气四瑞"。

相传，在古印度波罗奈斯国时期，世尊化身为一只鹧鸪鸟，居住在噶希森林。当时，该森林尚住有一只猴子、一头大象和一只山兔，它们和睦相处，互敬互爱，过着安详自在、幸福美满的生活。它们的情谊如同水乳交融，极为融洽。为了永远保障这种和睦的生活，它们共商拟订一个永远互敬互爱的崇高约定。于是，以一棵尼枸卢树的成长历程作为确定长幼的依据。

大象第一次见到那棵树时，树枝叶和其身体一样大，猴子是树枝与它的身体一样高时，到那里的。当这棵树又小又嫩的时候，山兔常舔过叶子上的露珠。最后说：其实这棵尼枸卢树是吸收鹧鸪鸟粪便而长大的。

从此以后，它们按长幼奉行尊老爱幼的准则。由此，年幼体大的大象驮猴子，猴子背山兔，山兔头顶鹧鸪鸟。四个动物情同手足，互敬互爱，过得极为和睦。后来，森林里的其他动物见此情景，也纷纷效仿，一时间，整个森林动物世界出现一派友爱、和睦的景象。

传说一般都是简单易懂的故事，这样才便于传播和记忆，如此复杂的传说和寓言是比较少有的，其揭示的道理也是非常之深刻，包含了等级、秩序、认同、协作、共生……如此丰富的含义，对于我这样一个对藏族文化尤其是宗教文化知之甚少的人而言，是令人惊讶的，也足以令那些认为少数民族文化就是简单文化的人汗颜。

我想去邮局取一点钱，可惜没有到开门的时间。正巧老唐也来了，他每到一处必然寻找邮局盖个邮戳，以证明到达此处，也算留个纪念，这种习惯是好

的，适合 80 岁以后坐在摇椅上给孙子讲故事。

我是不行的，这些年四处奔波，走到哪里都是一个箱子而已，回到家中箱子里的东西不少已经算是万幸，更不要说一路留什么纪念品，而且我一直认为纪念品和传说是最靠不住的旅游衍生物。

岁月给我这样的人唯一留下的也许就是伤痕和皱纹，织田信长说："人生不过四十年！"我是没有勇气活到靠回忆去生活的年龄，而且考虑到我的祖父和外祖父 70 岁后都是老年痴呆，在双重遗传的夹击下估计我也难逃劫难，所以记忆也是靠不住的——未来真是可悲得一无所有。

传说中的雕塑

坐在台阶上等邮局开门，远远望见一头驴子，一动不动地站在马路中间的人行横道上，任凭周围市场里的人欢马叫，在闹市中独自沉思。我和老唐讨论了一下，这位要么是在玩行为艺术，要么就是这个城市的哲学家。

取了钱之后外面的市场也热闹了起来，油盐酱醋、瓜果桃梨，人头攒动。而

且我居然第一次看到并吃到了新鲜的无花果——无花果给我的印象原本是小时候在一种小小的塑料袋包装里,一种添加剂味道极浓的食物,这次居然见到了新鲜的,实在是意外的乐趣和收获。

邂逅,是人生极大的乐趣。

这就是哲学家,虽然我更喜欢它夹在火烧里

在不经意间,遇到曾经相识的人;于无心之处,遇到曾经熟悉的物——充满惊喜和冒险的生活,它能让我们真切地知道自己在活着。

回到酒店后,大家一致同意换个酒店——这个号称星级酒店的"雪域扎西"除了价格贵外就没有符合星级酒店的地方——连最基本的热水都没有。

大内总管很快确定了 W 宾馆,这个名字实在是离奇,至今我也弄不清楚它的由来。不过宾馆内的服务人员很热情,价格也公道,而且可以免费拨打长途电话。

停好了车,放好了装备,第一件事情就是借了宾馆的洗衣机把这几天的衣服统统清洗一遍,七八个人的衣服一时间在楼顶旌旗飘扬。

回到房间大家开始充分利用免费的电话,给家人报平安和向朋友炫耀自己的经历。

我则躺在床上,美美地看了一场斯坦科维奇杯的篮球赛,结果是中国队惜败。篮球是我最喜欢的运动——可能也是唯一喜欢的运动。拜遗传所赐,我从小缺乏运动细胞;而由于家庭教育和生活习惯的原因,也没有体育锻炼的习

请注意，最靠近镜头的就是内衣大盗余老师

惯——我父亲一直认为运动与文化是相互矛盾的两件事情。我小时候最大的乐趣就是一个人坐在书架的角落里静静地看书，直到太阳西下，猛然间发现已经看不清楚书本上的字才作罢。

而且我读书的习惯是生吞活剥型的。无论种类作者，无论风格观点，拿过来一概通读，读不懂的强记后直接跳过。这种阅读习惯延续到大学时期，我每天基本可以阅读两到三本书，这个习惯的优点在于阅读量大，而且很多当时解决不了的问题随着自己的认知不断提高和与其他知识的印证，逐步解决，而缺点在于由于大都观其大略，杂而不精就构成了我的个人知识体系。

这一个人爱好的直接结果就是四体不勤、五谷不分，以至于直到初三的时候，要我跑个50米都会眼冒金星气喘吁吁，更别说做其他的什么运动了。

高中的时候我喜欢上了篮球，我那个时代的肾上腺激素和荷尔蒙都挥洒在了球场上。

速度、力量、精确性的运动，把个人英雄主义与团队配合力量完美地结合在一起，这就是篮球。

我一向认为乒乓球、网球之类的把双方用网隔起来，没身体接触，打一天都不见血的运动，是娘娘腔的东西。球场就是流血的战场，我们拼尽全力地争斗，只为了胜利和荣誉。

最重要的是，篮球不仅给了我强健的身体，更给予了我旺盛的斗志。击败比你高大的、强壮的、快速的对手，所给你带来的愉悦是无与伦比的。

十年前，在从来不被看好的情况下，大学的联赛中几十年来第一次为我们系捧起冠军奖杯的那一刻。作为队友和室友的老七对我耳语："足够了。"

我热泪盈眶，篮球给我的快乐，真的让我无法挑剔。

鲁迅先生和毛泽东主席都提出过我们的民族应该"野蛮其体魄，文明其精神"。孱弱的身体无法经历岁月的磨砺，更不可能支撑得起强大的灵魂。

今天的我们是一个缺乏思想的民族，面对的是一个被禁锢多年后骤然放开的充斥纷杂的价值取向的社会。在和稀泥的运作方式中，我们拥有的只能是愈演愈烈地公信力严重缺失。

这个时代没有与大众一致的振聋发聩的主流舆论，也可能不会再有一群振臂高呼的热血青年。

我不明白，为什么这个民族的性格和血性一定要在灾难中才能体现。我只知道一个人的肉体的孱弱，不过会导致病态与无法自我保护，而一个民族精神的孱弱，就会成为整个世界的地位低下者。

估计到衣物应该已经干爽，可赖在床上谁都不愿动。最后大家决定采用解决世界争端的最佳途径——猜拳，来推选出一位登上天台把大家的衣物收下来的小工。

我们都劝老余就直接上去算了,免得大家麻烦,可这家伙非要挑战自然规律,一定要体会这个打击他的过程。好吧,我们满足了他。

十分钟后,余老师从楼上捧着小山一样的衣服走了下来,大家开始寻找自己的衣物:骑手服、长裤、外套、冲锋衣……

随后是丝袜、透明内衣……

余老师在收衣服这一工作中,发挥了其宁可错杀绝不放过的风格,不知道把哪位美女的内衣一并收了下来。

从犯罪心理学角度上讲,虽然偷窥、恋物癖到连环杀手的成长只有一线之隔,但我坚定地相信——这只是个误会。

第十五天　号外篇——猪、猫、狼、马蜂的故事

猪的工作

猪是个好员工。他笑容可掬,从不抱怨,他喜欢自己的座位,喜欢自己的桌子,喜欢自己工作的每一分钟。他也知道如何度过上班的时光,对他而言生活里的每一部分都是一样,不必着急也不需要紧张,利用一小时的工作时间来和客户闲聊,就像躺在磨盘上晒太阳。

猫的工作

猫不工作,但她在每个团体里都是讨人喜欢的家伙,她是最好的啦啦队,最好的后勤杂役,最好的端茶倒水的服务员。当出现问题的时候,你会看到她脸上的表情最无辜。但是一关系到分鱼的时候,她就会把肉垫里的爪子伸出来,要么抓抓领导的衣角,要么抓向某个人的面庞。

狼的工作

狼是个让人敬畏的动物,他很孤独。但每个人都会在见到他的时候和他打招呼,很少有人会成为他的朋友,但不会有人希望成为他的敌人。所有人都知道,这个危险的家伙不仅拥有最擅长冲锋陷阵的尖牙利齿,还拥有铁石一样坚韧的忍耐力。

马蜂的工作

马蜂是个永远不讨人喜欢的混蛋,他钻营、尖刻、诡异,最重要的是,他从来不会采集蜂蜜。但有的时候,他会成为管理者手中制衡的工具。

猪的爱情

猪是个好丈夫,他准时回家,准时睡觉,准时吃饭,他会准时上缴工资,会细心记录每一个家庭节日,40岁以后的猪基本没有性别特征,不过偶尔喝点小酒,吸几根烟,哄会孩子就是他的乐趣。他的爱人会觉得生活像水泥一样踏实,像白开水一样平常。

猫的爱情

猫是完美的情人,她敏感而多变,细腻而轻灵,她可以一秒钟前挠你的痒痒,一秒钟后把你撕扯得衣衫褴褛,她的性格会让你充分体会什么叫爱情的不稳定化学成分。另外说一句:猫,大都是养不熟的。

狼的爱情

狼的爱情是炙热而痛苦的,他太脆弱,太挑剔,太缺乏安全感,他可以毫不思索地为爱人奉献生命,但却因为无法忍受自我空间被侵犯而不得不离群索居。他永远都在流浪,都在追寻,他对生命的痛苦思索超越了所有的感情,狼太容易相信别人,以至于无法亲近别人,狼就该是孤独的。

马蜂的爱情

马蜂没有爱情,因为他永远不知道什么叫信任和分享,但马蜂是最适合现代婚姻的动物——契约式的婚姻,白纸黑字的签名,聚散都靠法律去维系和判定。

第十六天　进入藏区（巴塘—海通 80 公里）

7月30日　农历：六月十七日　星期一
干支：丁亥年　丁未月　乙丑日

学习一门外语或者方言是非常非常重要的事情。

——笔者

大家懒洋洋地出了巴塘，一路沿浑浊的金沙江骑行，两岸青稞迎风翻滚，点缀着零星的小块草场，牛羊步履散漫，怡然自得，风景倒也惬意。

最让大家满意的是，这是一条崭新的柏油路——连交通标准线都是新打上去的，在这个环境下走在上面就如同走在凯宾斯基的大堂里一样感觉富丽堂皇；就如同走在长安街上一样扬眉吐气；就如同走在金水桥上一样趾高气扬……说远了。

不管怎么胡思乱想，真是兴奋啊！

于是大家在被太阳晒得暖洋洋的路面上趴的趴，躺的躺，拍照的拍照，就差没去亲吻路中央的黄线了——因为你，我被警察叔叔不知道罚了多少次了，所以没么多好感。足足享受了够才出发，一路上起伏也不大，于是大家骑行得甚是欢快。

唯一不欢快的是老谢，经过这几天的长途骑行，老谢的膝盖报销了，走路都是一瘸一拐。早上出发的时候吃了芬必得，不知道能挺多久，但有老谢在就意味着组织的政治核心在,所以核心慢一点也是正常的,反正大家一起走到哪里算哪里了。

  一路前行,山势回转间,在一个"几"字形的巨大转弯处,我们猛然看到了一条湛清碧绿的河水与污浊浑黄的金沙江在此相遇的奇景,水势虽然不够汹涌,但一清一浊,如此人间奇景,恰恰就是一个成语的形象版解释——泾渭分明。

  "峣峣者易折,皎皎者易污",这是个深刻的哲学问题,越纯净的东西越难以长久,越美丽的东西越容易被损害,反倒是污浊平凡的一切更易于生存。

小白看到这里,会大喊阿弥陀佛上帝真伟大!

达尔文认为世间的生物都是进化出来的,而实际上,我们的每个种群最擅长的就是消灭异类,所以,进化其实不是什么心旷神怡的旅程。

而世间万物莫不是以存在为意义。

所以老祖宗讲:"和光同尘。"

换句话说,我们中国道家的理论才是一种活着的艺术。

逆水顺风,不久便杀到了金沙江大桥。

金沙江是我国第一大河长江的上游,沿河盛产沙金而得名,长江江源水系汇成通天河后,到青海玉树县境进入横断山区,开始称为金沙江。流经云南高原西北部、四川西南山地,到四川盆地西南部的宜宾接纳岷江为止,全长2316公里,流域面积34万平方公里。由于流经山高谷深的横断山区,水流湍急,向东南奔腾直下,至云南省丽江纳西族自治县石鼓附近突然转向东北,形成著名的虎跳峡,两岸山岭与江面高差达2500-3000公尺,是世界最深峡谷之一。

金沙江估计也是中国历史上名字最多的河流。

早在2000多年前的战国时期成书的《禹贡》中将其称为黑水,随后的《山海经》中称之为绳水,东汉许慎的《说文解字》及《汉书·地理志》中将今雅砻江以上部分称为淹水。三国时期,称为泸水,除此以外,金沙江还有丽水、马湖江、神川等名称。

可笑的是我根本不知道今天会通过金沙江大桥,更没有心理准备今天是值得纪念的进入藏区的节点,足见我是个很没目标的人。

说到金沙江,相信大家更关心的是金沙,沙金是什么样子呢?颜色因成色高低而不同,九成以上为赤黄色,八成为淡黄色,七成为青黄色。

据说金沙江大桥附近有长江第一漂的纪念碑,很可惜没有看到。看看这个清单吧:

1985年6月20日,尧茂书乘坐"龙的传人"号首漂长江。7月24日,在通珈峡不幸翻船遇难。

1986年6月至11月,中国长江科学考察漂流探险队、中国洛阳长江漂流探险队、中美联合长江上游探险队漂流长江。这是人类首次全程漂完6300余公里的中国第一、世界第三大河。三支队伍共有10名队员遇难。

1987年4月至9月,北京青年黄河漂流探险科学考察队、河南黄河漂流探险队、马鞍山爱我中华黄河漂流考察队漂流黄河。三支队伍共有7名队员遇难。

……

一群心怀梦想的年轻人,只想捍卫第一母亲河第一漂的尊严,以"一寸不落漂完长江"的幼稚而伟大决心,凭借一腔热血和血肉之躯踏上这样一条艰险之路。

"美国人的一艘船的设备耗资4000美元,我们是3000元人民币;美国人的一只船桨就值40多美元,我们的仅十几元人民币;美国人一天的补助是300美元,我们是每天2.5元人民币……别人'武装到牙齿',我们只有一腔热血。"

外国的漂流队是一种爱好,对一些艰难的路段是放弃的,而我们的漂流队,不是在追求一种自我的满足,他们是将这一行程看作是一场竞争,一场捍卫民族尊严的竞争。

当然,我们不能提倡因为一些虚妄的口号而漠视生命。而这样的一群毫无利益动机,单纯地把民族尊严视作高于生命的人,怎能不让人肃然起敬。

中国漂流队在1986年11月底,历时半年终于完成了"长漂",成为唯一一支完整漂完长江的队伍。

以今天金沙江大桥为界,川藏线"川"的这一部分就结束了,四川境内风景之美、道路之险、路程之艰难实在让人感觉不虚此行。而被无数人神往膜拜的藏区究竟如何,不久也将揭开它的神秘面纱。

我们其实很想把界牌偷走，可惜桥头有警察

  大家在桥上一字排开合影留念，以臭美为人生最大享受的余老师甚至跳上桥栏，不提他也罢。

  一过桥，立刻过来几位警察同志，一面检查我们的证件，一面提醒前面的路段危险，如果不行及早回头之类的话。

  我们这个队伍除了没进化好、胸毛过多的余老师和晒得跟印度阿三一样的阿龙外，其他人打眼一看就都是善良质朴的纯正中国人。

  非常感谢，我们知道前途艰险。

  过了桥，藏区的道路立刻给我们来了个下马威——碎石路。在 S 形险恶的山势中，道路的坡度不大，但骑行起来颇是费力。

  在这样枯燥的环境中，余老师为了愉悦大家，再次上演爆胎好戏。于是大家七手八脚帮他换胎的时候，我自然是做了最重要的工作——倒在草丛里美美睡了一觉。

余老师，其实我们大家爱你的最重要的原因是，如果不是你每天爆胎，我们大家谁好意思总提出原地休息啊！

大家吃过午饭，继续前行。

前路两侧山势险峻，草木纷杂，山路在没有尽头的 S 形山谷里仿佛无限地重复着。

这种看不到尽头，风景不断重复的道路是十分折磨人的，以至让人产生一种迷路的幻觉，在大家信心逐步崩溃怀疑日益滋长的时候，居然发现全队只有

四川话与穷山恶水有加成反应

唐老师一个人开了码表。

老唐一本正经地研究了下里程,经过一系列加减乘除的运算后,用标准的四川话,自信满满地说:"还有 SI 公里……"

大家伙一听,坚持一下吧,才四公里。

于是十分钟、半小时、一小时过去了,S 形的山路还是没有到头的迹象。

草丛中隐隐约约有块石碑,我战战兢兢拨开草丛,不由长吁一口气——还好界碑上写的是 318,不是兰若寺,看来小倩、树精姥姥、黑山老妖什么的都不在这,我们今天还是有希望的。

于是我们再次询问唐老师。

只见老唐依旧不动声色地用纯正的四川话说:"还有 SI 公里……"

全员暴走。

原来第一次说的是"十",第二次是"四"。

唐老师,下次请说英文。

嬉笑间山势回转,海通兵站到了。

兵站的士兵同志很热情地把我们带到住宿的地方——比他们更热情的是操场上那一群狮子大小的藏獒——我们乖乖地顺着墙角把车推了进去,随后惊讶地看到小白一班人居然比我们到得还早。

带队的士兵想让我们这帮散兵游勇排队去吃饭,结果效果并不好,而小白第一个脱离了队伍,对着那些藏獒就扑了过去,一边连搂带抱一边嘴里掺杂不清地哼着"喔喔……哦哦"——苦了这些藏獒,普通话可能听着都困难现在又得受着广东话的蹂躏。

晚饭是丰盛的面条和配菜,价格合理量又足,继 119 之后,阿龙终于又吃了顿饱饭。大家的手机一律没有信号,所以吃完饭一起出门打公共电话跟家里报平安。

兵站不远是一个水泥厂,浓烟夹杂着粉尘四处飘散——看来什么圣地也比不上经济建设的重要。而在打电话的时候周围一些小青年诡异地向我们这张望,大家四处闲逛的心情也就没有了,回站内睡觉是也。

第十六天 号外篇——无题

咖啡

多汁的果糖

我的灵魂

在夜的温柔里徜徉

长发的影子飘荡

借着月光

吻我的面庞

你的香水

凝住了我的目光

我没了方向

寂寞在黑暗里死亡

我便燃烧了

闭了眼都觉得明亮

像火一样

我听见云在月的周围碰撞

你总是默然

但

我听得出

那是你的吟唱

你的吟唱

就是我的所想

　　　　　——2004年夏酒醉后走在　　斑驳的林荫路上

第十七天　冷雨中　（海通—芒康25公里）

7月31日　农历：六月十八日　星期二
干支：丁亥年　丁未月　丙寅日

　　比骑自行车爬4000米的山更愚蠢和痛苦的是，在冷雨中骑自行车爬4000米的山。

——笔者

　　早上7:20就被起床号吹醒，规规矩矩地按纪律去吃了早餐，昨晚做了个梦，大概是因为白日梦比较多，我是个很少做梦的人，所以一旦做梦就会很深刻。

　　大概是梦到火山喷发之类的事情，然后隐隐约约听到饭岛爱在我耳边说："爆胎了……"

　　好吧我承认，虽然弗洛伊德说，梦多少都是与性有关的，但我确实不懂日语，饭岛爱的事情是我编的。

　　于是，早上一推车发现，后胎真的瘪掉了。这真是莫名其妙的事情，但一早起来就补胎岂不是太不吉利了。于是我把车气打足——就这么走走看好了。

　　走出了门，和兵站的士兵热情道别却没见那些威风的藏獒，估计小白他们早已出发，走的时候又把那些大狗大肆蹂躏了一番，伤害了它们的自尊心。

阴沉沉的天气让人很不愉快,比阴沉的天气更让人不愉快地是刚一出镇子,就沥沥地下起了雨。

在雨中骑车是一种让人沮丧的事情,而且这种沮丧是随着时间呈几何倍数不断增加和积累的。

你穿好雨衣、雨鞋,遮蔽好驮包,然后开始爬山。五分钟后你开始出汗,十分钟后你发现你遮盖起来的衣服已经被自己的汗水湿透,然后你就会想,如果早晚会湿为什么自己要穿雨衣呢?

半小时后你开始哆嗦,因为外面的温度已经把你的汗水变成了冰水,你用颤抖的手打开驮包希望能弄点吃的出来,结果发现所有固体的东西都变成了液体或半液体状态。

因为我们的驮包永远会有一个空,无论你怎么包裹,肯定会有一块被淋湿,而淋湿的那一块,往往就是我们最希望干燥的地方。

骑车其实和人生没什么不同,人生和骑车也没什么不一样。可能出现问题的地方就肯定会出现问题。

转过山口,几个孩子从村庄中跑出来,笑着叫着帮着老谢推车,老谢也拿出些糖果分给他们。他那膝盖实在是疼得厉害。

在泥泞的道路上,所有人默默无语地坚持着,这样的气氛实在是尴尬和沉闷,于是也不知道从谁开始,大家唱起了歌,而这样的天气下唱出来的也不外乎是些摇滚、样板戏和革命歌曲之类的壮胆提气的词。

"诗者,志之所之也,在心为志,发言为诗。情动于中而形于言,言之不足故嗟叹之,嗟叹之不足故永歌之,永歌之不足,不知手之舞之,足之蹈之也。"

唱歌与舞蹈是人类宣泄情绪的最好表现,而会唱歌跳舞的其实才是真正的诗人,只有我这样小脑不发达的主,才每天靠着在屏幕上码字让自己尽可能的心态平和。

泥泞的路上帮着推车的小朋友

　　一路上道路凶险得可以,伴随着雨水,山上不时有落石滚下,老谢骑得比较慢,我们在一个地方刚等到他过来,只见一个山角轰隆隆地便塌陷下来,大家赶紧溜之大吉。

　　接近山顶的地方是一片硕大的草场,一家牧人居住在草场中央,看到我们一行的到来,跑出了五六个十岁以下的孩子,从脸上到身上都被泥水弄脏得一塌糊涂。

　　大家分了些糖果给这些孩子,转身离开的时候,我不禁有点悲观地想来——这些孩子可能终其一生都不会获得任何的正规教育,不知道对他们是好是坏。

在冷雨和胡思乱想以及众人的鬼哭狼号中我们再一次在路上捡到了小白——这家伙每天都掉队还不肯与我们这个腐败队伍同流合污。为了庆祝小白的加入，余老师又拿出了看家本领——爆胎。

一贯爱心爆棚的谢长官

考虑到我的车胎一路安然，原来昨天晚上饭岛爱是在和老余说话，我只是偶然听到而已——实在让我又惊喜又嫉妒。

好在已经到了山顶，在这种自然条件下补胎简直是个不可完成的任务，于是大家商量了下，决定让他充足了气冲下山——能走多远算多远吧。

于是大家草草合影——实在是没有任何心思臭美了，活下去才是第一要务。

为了防止余老师在这样的天气里落单，我决定跟在他后面，结果呢——我承认，我跟不上这个爆胎的疯子。

半小时后，冻得手脚僵硬的一行人到达了芒康，大家都铁青着脸，虽然才刚刚到中午，但没有人敢提议今天继续骑下去，否则一定被群殴。

芒康县位于西藏自治区东南部的横断山脉，昌都地区的最东部，地处川、滇、藏三省区公路交会处，是214、318两条国道线的结合部，金沙江和澜沧江

流经县境内，东与四川省巴塘县，南与云南省德庆县毗邻，西与左贡县接壤，北与贡觉、察雅县相接。

简单地说，这里是川藏线和滇藏线的交界处。

既然是交界处的重镇，定然有些特殊的地方，那就是可以洗——热水澡。于是安排完住宿，大家用冻得僵硬的双手脱去被雨水和汗水湿透的外套，冲进了那个5元钱一位的洗澡堂，每人一个淋浴间，哇哦，真是人生至高的享受。

在某些情况下，一些简单的东西就像沙漠里的水一样让人愿意用一切去置换。

作为川藏线上骑行得最短的一天，而且是全无景致和乐趣的一天，老天还是不会放弃愚弄我们的乐趣——当我们洗完热水澡一出门——天晴了，晴得碧空万里，晴得温暖如春。

人生其实就是要折腾得你哭笑不得。

摸摸兜里已经没有什么钱了，于是我打听了邮局的位置，去取钱，邮局里只有一个窗口，三四个人等待办业务的模样，我随便站在了人群的后面，一边四处乱看，一面盘算着余下的路程——如果今后每一天都是这样的情况，那剩下的路程还有什么意义要走下去——我又不是穿着铁钉的苦行僧。

五分钟过去了，前面是三个人；十分钟过去了，前面是三个人，二十分钟……我明白了，这里是没人排队的。

于是拿出当年上学挤公共汽车的手段，很快如愿取到了钱。

其实排队与否不是素质问题，而是生活习惯问题，人们就是喜欢戴着有色眼镜去看待自己不了解的事物然后盲目地对比，盲目地认为美国人素质就高——别忘记他们闯进别的国家绞死了别人的总统，而且如果可以，他们会闯进很多国家做同样的事情；盲目地认为，中国人的素质就是不高，甚至盲目地认为自己的素质比别人高。

找到了个电话亭打电话回家里报了平安,出门发现钱包不见了,于是没头苍蝇一样四处乱找,看电话亭的女孩子一脸茫然地对我说:"你找的是你塞在袖子里的那个钱包吗?"

我安慰自己,这不是我最丢人的一次。

晚饭开宴,忽然发现餐馆里有一种梨子酒,我不怕死的精神又上来了,赶紧让老板给拿了一瓶,结果在所有人的鄙视中捏着鼻子喝了下去——我估计除了二氧化硫之外这是世界上最难喝的东西了。

为了防止中毒和高原反应,只好用大量的红星二锅头洗胃。

至于晚上怎么睡着的,二锅头喝多后,没记忆了。

壶里的,就是传说中的皇家土炮

第十七天　号外篇——川藏线上九大杀手

川藏线被誉为世界上最危险的公路，这里的危险是针对汽车而不是自行车而言的。对于自行车骑行川藏线，更是危机重重、杀手林立，多少英雄一个大意铩羽而归，多少好汉一个冲动人仰马翻。但只要我们胆大心细，做好充分的准备，还是可以安然无恙的。

川藏线上九大杀手第九名——阳光

阳光，多么美好的东西啊，没有阳光就没有这个世界。没有阳光，早上鸡就不会叫，生产太阳能热水器的工厂就会倒闭，出租车的起价费永远都是夜间价格——这个听起来可是不妙。

但川藏线上的阳光却是个毫不留情的杀手。美女都知道，造成皮肤伤害和皮肤老化的直接原因是阳光照射，特别是阳光中的紫外线。西藏地处高原，海拔高，空气稀薄，干燥多尘，紫外线强烈，晒红、晒黑、疼痛、脱皮也就是几个小时的事情。

而且不要以为天上有云就不会晒伤，紫外线是不受云彩阻碍的，我的第一次晒伤就是无知地因为看不见太阳以为晒不到而造成的。

对于爱美的人士而言，防晒霜是必不可少的了，这里做法如下：第一，量要足，要涂抹足够的防晒霜；第二，时间要够，一定要出发前 20 分钟涂抹才有效。

有人说，我有 SPF100 的防晒霜，但"一公斤防晒霜也比不上一件 T 恤衫"。这是川藏线的至理名言啊，所以你要是真的想防晒，那么全身遮蔽才是王道。

不过有两种人士是不需要防晒霜的,一种是吴昊这种天生丽质的,怎么晒都不黑;还有一种是阿龙和小许这样的,反正龇着牙就能给黑人牙膏做广告,也没什么防晒价值了。

川藏线上九大杀手第八名——尾气

一氧化碳(CO)、碳氢化合物(HC)、氮氧化物(NOX)、铅(Pb)——汽车尾气是世界性的问题,每年全世界为了整治这一污染,耗费财力人力无数,而且可以预见的是,它给我们带来的污染和对大自然的危害,将在未来几千年里用可怕的方式回报给我们全人类。

在大汗淋淋的时候,在气喘吁吁的上坡中,在狭窄的盘山路上,排气管在一侧的载重汽车都是不被人欢迎的角色,不要说尾气让人晕倒的味道,就是喷在你身上的热量,也够让人痛不欲生了。

世界永远是在矛盾中存在的,恰恰是因为川藏线道路的恶劣,那些美丽的风景才能够保留至今。然而只要你能够挺过成都到康定的尾气,估计你在一般的化工污染事件中都能全身而退了。

川藏线上九大杀手第七名——高原反应

高原反应即急性高原病,是人到达一定海拔高度后,身体为适应因海拔高度而造成的气压差、含氧量少、空气干燥等的变化,而产生的自然生理反应,海拔高度一般达到2500米左右时,就会有高原反应。高原反应的症状一般表现为:头痛、气短、胸闷、厌食、微烧、头昏、乏力等。部分人因含氧量少而出现:嘴唇和指尖发紫、嗜睡、精神亢奋、睡不着觉等不同的表现。部分人因空气干燥而出现:皮肤粗糙、嘴唇干裂、鼻孔出血或积血块等。

高原反应这东西,很多人视若虎狼,闻之色变的。但实际上对于骑车的朋友来说,由于是在运动中逐步适应,真正有高原反应的极少,在我的记忆里只有在海子山上一位仁兄深情地对阿龙说:"兄弟,有氧气吗?"结果只好拦了辆车把他送下山去。

至于红景天什么的我倒是准备了一些磨成了粉,结果基本没喝几次,但是包里所有的东西都粘上了它的渣子——在我的印象里,凡是可能破的粉末状物品最终肯定会破掉。

其实高原上最可怕的是肺水肿、脑水肿,据说男性发病率比女性高5倍,几个小时就可能玩完,我这一路上倒没有见到有中招的。

顺便说一句,整个旅程中我真正感觉到高原反应的时候只有一次,那是搭乘青藏火车回家途经唐古拉山口的时候,感觉头晕目眩——不过那时候刚刚与老谢喝完一箱啤酒。

川藏线上九大杀手第六名——落石塌方

川藏线是地质灾害的博物馆,尤其是进入藏区之后,落石与塌方随处可见,更不要说怒江七十二拐那月球表面一样的地质条件了。

在经过海通兵站的路上,由于下雨,我们眼看着一个刚经过的山脚就隆隆地塌下来,飞石乱滚,现在想想也是心有余悸的。前往竹卡的路上,那些碎石堆起的颤颤巍巍的防护墙,也时不时地落下碎石……

感谢小白的老大,一路过来没有头盔的我也安然无恙。

川藏线上九大杀手第五名——雨水

阳春三月,杨柳岸上陪着美女在纷飞的春雨中骑车那叫浪漫;四千米高山,跟着黑不溜秋的阿龙在冷雨中爬山那叫崩溃。

在雨中一小时一小时地爬山,是一件足以将人的毅力消磨殆尽的事情,雨水最大的杀伤力在于缓缓地摧毁我们的意志,这种沮丧和无助是令人痛苦和丧失意志的。

我们在海通被击败过,所有人冻得都抓不住车把,只好就地休息等待天晴——结果住下来天就晴了——不过这一天收编了小白,这就叫塞翁失马焉知非福了。

川藏线上九大杀手第四名——下坡

川藏线最爽的是什么?下坡。川藏线最致命的是什么?下坡!

一个转弯,一块石子,一方土坑,一片暗冰,甚至只是你一个大意,就会摔得桃花万点,乃至命丧黄泉。这不是危言耸听,是血淋淋的事实。看看这些走过川藏线的,哪年没有摔伤的朋友,而我们到达海通兵站的时候,士兵告诉我们前一天两个骑友冲进金沙江,尸骨无存。

所以我们在下坡前要检查你的车辆,扎紧驮包,下坡时要拉开距离,控制车速,对一切可能瞬间出现的路况做出最积极地预判。当然,最好不要用光头的车胎。

一句话,珍惜生命,谨慎下坡并远离中国男子足球。

我在川藏线摔过两次,都是因为其他人的原因。第一次是刚出左贡,我正不紧不慢地向前骑行,小许赶过来对我说:"你的后轮好像没气了。"我立即下车查看,这时候,小白以每小时 20 公里的速度拍马杀到……结果可想而知,我一直怀疑是因为头一天打扑克赢了小白,她心有不甘与小许串通好了算计我,但他们死活不承认。第二次是前往理塘的路上,由于过隧道只有我们的队伍有大灯,所以收编了很多骑友,在一个隧道口,前边的一位哥们突然急刹车,我只好拼命避开他,结果人直接从他的车上翻过去,打了几个滚之后才停下——路边几米就是山涧——他说他想用相机拍下路牌。

无语。

川藏线上九大杀手第三名——抢劫

川藏线上,民风彪悍,法纪松弛,川藏交界一带的治安极差,抢劫等恶性治安案件比较多,反倒是深入藏区后民风渐渐淳朴起来。这与近几年的旅游开发、物质诱惑较多的关系很大,加上这一区域教育落后,治安管理难度大,也在所难免。

海子山、剪子弯山,包括海通兵站一代都是打劫频发的地段。其实只要大家注意结伴而行,一般的小毛贼也是不敢随便动手的。

剪子弯山上有个骑摩托的藏民用半生不熟的普通话要用手里拿的几根烂草换我的相机,我就装着听不懂,跟他云山雾罩地乱扯,一会看我的队友上来了,他也就悻悻地离去了。此后只要是比较偏僻的地段我们基本都结伴而行,相互照应。

川藏线上九大杀手第二名——藏獒

人的行为是可以计算的,而狗的行为就难以预测了。作为一个从小就很熟悉狗的习性的人,我从藏獒的眼中看到的不是纯真和刚毅,而是野性。

那种眼神和动物园里野兽极其相似,让人不寒而栗。

谢天谢地,在川藏线上被藏獒扑到咬伤的事件没遇到过,不过被狂追倒是有过几次,那种感觉真是肾上腺爆发,把自己最后的潜能都发挥出来了。我一直怀疑刘翔训练的时候是不是就在屁股后面拴了只藏獒。

在这里我们又不能不提到小白同学,海通兵站那几条威风凛凛的藏獒,我只敢贴着墙根走过去,她却跑过去左拥右抱,一面用广东话"喔喔喔喔"地叫那些狗——没人能翻译成普通话,可苦了这些藏獒了。

川藏线上九大杀手第一名———小孩!

川藏线上最令人恐惧的、最可怕的声音不是"此路是我开,此树是我栽"的切口和藏獒的狂吠,而是藏族小孩口里的"扎西德勒,一块钱!"

被这些小孩扔石子、扔木棍、甚至扔镰刀——这个幸好不是我们队的——用东西拦路,追着撕扯驮包上的装备,这都是家常便饭,可怜的重庆骑友几个大老爷们还在折多山下被一个十几岁的小崽子勒索。

盲目的施舍者,造就了自以为理所当然的乞讨者。

打不得骂不得,这是不可理喻也无法处理的难题,所以我们走到任何一个居民聚集点都是快速通过,绝不逗留。

我对这些藏族小孩是没有任何好感的,而且真正让我担心的是五年、十年以后,这些小孩子长大成人,当他们无法获得施舍的时候会做什么!占山为王,落草为寇?这些孩子接受正式教育的可能性几乎为零,他们接受到的第一个外界信息就是盲目的施舍,于是就推导出肆意的所求。而他们的长辈是带着微笑看他们做这一切的。

但是把他们教育得彬彬有礼就好了吗?

不要忘记,这个世界的文明大都会臣服于野性的民族,而文明又会退化这些种族的野性,在斯巴达式的教育体制,和阉割个性的应试教育中找到一个恰当的点,这才是需要我们全民族都去仔细探讨的问题。

第十八天　解脱　（芒康—左贡152公里）

8月01日　农历：六月十九日　星期三
干支：丁亥年　丁未月　丁卯日

其实我们都羞于放弃，放弃后，只能一个人窃喜。

——笔者

早晨起来，老谢的膝盖疼痛得很厉害，彻底报销了，他只能一个人坐车到左贡等我们。其实他能熬到芒康已经是奇迹了。

说实话，我是真心地羡慕他，真希望我的某个部件也报销，就不用在道路上煎熬。

不由想起二战时期，101空降师被围巴斯托捏时的心理：如果一个战友受伤了，大家都会来恭喜他，因为他至少可以脱离前线几公里；如果一名战友牺牲了，至少他不用再遭受这个折磨。

对于生活和旅程，我希望自己是个彻底的享乐者，上天赐予我们生命，就该珍惜和追求幸福和快乐，只不过很多人对幸福的定义不同，有些人从自我折磨中能得到排解和快感。

大家依旧在蒙蒙细雨中上路，由于老谢不在，大家出门就很沉闷，骑了三公里后，余老师一声叹息："你们先走吧，我回去跟老谢一起坐车了，路上小心点。"我们愕然了一下，只见他挥挥手，转身而去。

没有老谢陪我胡扯，没有余老师给我欺负，这真是川藏线上最灾难的一天。上帝啊，我多想和他一起回去啊！

好在山并不高，所以很快到达了山顶，下山的道路在一系列小村庄中"之"字形地穿行。高速下降下的碎石路看起来让人胆战心惊，不过好戏还在后头，出了村中一路沿着澜沧江下行，一边是七八米的河床，一边是细细簌簌向下掉碎石、乱石堆砌的悬崖。

后来听小白说，兵站的人告诉她，前两天这个路段，有两个学生车友掉进澜沧江，尸体都捞不上来——也不知道是真是假。

总之中午时分，大家一路小心翼翼地达到了竹卡，众人坐下来吃饭，本来就因为老谢和老余不在，大家多少有些沉闷，忽然听说前面巴登有鼠疫，路过的时候不能吃饭、住宿和饮水，这才发现小饭店旁边的地方住满了骑友——足足几十号人。

休息的常态

大家一边分析着杂七杂八的关于鼠疫的信息，一边七嘴八舌地研究下一步的计划，我倒觉得异常兴奋——至少不用走了。于是我拿着相机给这些因为鼠疫或者鼠疫谣言而聚在这里的人一一拍照留念。

这个世界这么大，我们这些人就这样发疯地走上这条川藏线，然后就这样偶遇在一起，而且还是因为莫名其妙的鼠疫。

川藏单车行

用概率学显然解释不了这个事情。

我懒洋洋地坐在小酒店的屋檐下面，看着烈日下同样懒洋洋的同伴，那蓝得怕人的天上，同样懒洋洋地飘着几朵浮云。

我忽然觉得，够了。

骑了18天，就像我出门的时候一样，我仍然不知道自己为什么骑行，不知道原因，不知道目的，不知道结果。

真真一个"一行三不知"。

其实我们的人生和人生的每次选择都莫不如此。

被鼠疫困在山下的人们

我们执着于很多事，梦想、情感、物质、精神……即便明明知道我们都是结果一样的单行车，还是贪婪地追求一切。

其实我们每件事情的选择没有真正的对错，也没有真正的好坏，只有你心底里那一杆秤，那杆永远秤不平的秤。那不平的，就是我们的欲望。

贪婪、享乐、占有、金钱、肉欲……我们欲望的长期指向都是我们在纸上摒弃的东西，而我们又无法抵抗。

牺牲、奋斗、放弃、高尚……我们道德的指向就像是欲望的镜子，不过这一切都是瞬间的，要么成就，要么消亡。

我厌倦了,无论是川藏线,还是人生的这种无谓挣扎,任何自己强迫自己的事情,都是违背人性的,活着,去做自己最喜欢的事情吧!

胡思乱想间,老谢的车来了,车上刚好有个位置,我跳上车子——大爷我不骑了!

看着颠簸的窗外远去的竹卡——我不由长吁一口气,我满足了,朋友们,你们享受你们的快乐吧!

车上是老余、老谢、我和小白,原来小白早上被老谢给劝降了,从此7+1的队伍正式成立,成立在我准备放弃的这一天。

　　　　脚巴山一角

III 藏单车行

离开了竹卡,车沿着澜沧江弯折而上,据说川藏线上,最危险的就是这一段,每到一个拐弯处都让人心惊胆跳,一路上塌方落石不断。其实,这样的路骑自行车远远比坐汽车更安全。

道路一转,离开了澜沧江,开始爬觉巴山。山顶上看到一些外国的游客,估计是从拉萨方向过来的,而一处塌方的地方,工程车在不断施工,临时在悬崖上搭了块钢板,车就在这半悬空的钢板上,绕巨石而过——这种寒毛倒竖的感觉可不是骑自行车能体验的。

翻过觉巴山,就到了登巴乡,因为鼠疫,还看到防疫车停在路边,不过居民和游人如常,看来也没有传闻中那么严重,或者说已经过去了。休息时老谢还遇到一个搭车的老乡,此人从拉萨一路搭车到达巴登,见到老谢听到乡音后第一反应就是要家乡的香烟——如果烟是一种慢性毒品的话,家乡的毒品无疑是效果最好的。

傍晚到了荣许兵站,门前高悬"缺氧气不缺精神,高原高斗志更高!"真是英雄气概,荡气回肠。

把他们几位的行李放到了兵站,迎接我们的士兵还是那样的热情,小白的队友们还在这里住宿。院子里竖着一套篮球架——这没准是中国或者世界最高的篮球场呢,不能和阿龙、小许在这斗牛实在是我在川藏线上一大遗憾。

一路开上东达山,在逐渐昏暗的天气里,河流、草地、牦牛、远远雪山,在一片开阔的山势中恢宏大气。

到山口的时候,天已经黑下来了,很冷,地上还有下过冰雹的痕迹。我们跳下车子合影留念。

我一路上只顾着和小白斗嘴,拿她的老大开玩笑,小白也不以为忤,老谢和老余自顾自地笑。

作为一个伟大的神仙,上帝的解剖学不合格——夏娃说是用亚当的肋骨做的,但是男人女人肋骨一样多;上帝的物理学不合格——他制造了场洪水把全世界都淹了,就是没淹死橄榄树,还说所有的山都在水下,真不知道这些水哪里来哪里去了;他的生物学也不合格——认为蝗虫、蚂蚱、蟋蟀、蚱蜢都是四条腿……

如果这个世界是他创造的——他一定后悔创造了我。

一路下坡,9点多才到左贡,和老谢每人两瓶二锅头兑红牛后,满心的轻松和释然,天塌下来也不顾了。

第十八天　号外篇——给朋友

如果你害怕孤单
就不要
一个人走得太远
如果你觉得很烦
就不妨
找我喝酒用碗
如果你认为生命太短
就应该
珍惜你的每一天

请你
看一看
我的笑脸
是不是
还那么懒散
请你
拍一拍我的肩
问一问

是不是还那么强健
请你
坐在我身边
给我讲一讲
你蹚过的大河，翻过的高山

我还是老模样
那么爱幻想、爱抱怨
你是不是
还是那么洒脱、坦然

也许
你我依旧平凡
但我坚信
我们仍然
勇敢

第十九天　左贡策反

8月02日　农历:六月二十日　星期四
干支:丁亥年　丁未月　戊辰日

所谓圣人就是每天早晨起床都告诉自己,今天开始,我要享受生活。

——笔者

早上起来,宿酒未醒,头痛如裂,所以起得很早,于是只能去折磨老余起床。

余老师说真想一脚把我踢出门去。还说昨晚我和老谢两个人睡觉打鼾,此起彼伏,好像在比赛一样,我没听到,所以概不负责。

左贡县位于西藏自治区东南部、昌都地区东南部,东与芒康县接壤,南与林芝地区察隅县相连,西与八宿县毗邻,北与察雅县隔江相望。藏语意为"犏(耕)牛背"的意思。很早以前,因人们住的地方的地形像犏牛的背,故而得名。清雍正三年(1725)为芒康台吉管辖之地。清末实行改土归流时属科麦县的一部分。1912年后,西藏地方政府设宗,行政区划有邦达、左贡、碧土三个宗,统称左贡宗。

卸下驮包,骑着空车,漫无目的地骑向左贡的城区——所谓的城区也不过是一条街道而已。

街边的商铺里摆放的大约也就是内地杂货铺的那些东西,没什么特殊也

东达山上让人热血沸腾的口号

没有什么差别。据说左贡的特产很多,像酥油桶、木碗、腰刀、金银器皿、木器家具等,而且左贡县田妥乡有藏刀生产,刀刃锋利,钢质较好,曾在香港展销会上获奖。

可惜在街面上真就没见到什么,实在是有点失望。

随便乱转了一会,开始往回骑,走到一座小桥边上遇到了小白,在她的建议下,把满是泥浆的车推到桥下去刷洗,我一面听着小白唠唠叨叨地胡说八道,一面看着她仿佛对待自己的好朋友一样仔细地洗刷她的自行车,忽然觉得很感动——这才是真正地热爱自行车的人。

拥有自己热爱的东西、热爱的事业和热爱的理想的人是幸福而痛苦的,因为他能够在追逐中获得快乐和幸福感,但这种追逐是永无止境的,必然会有无法满足欲望的痛苦,而小白用宗教平衡了自己的欲望,获得了意想不到的平和的心态。

运用得当,宗教也算是人生一剂良药。

一条小小的河流,弯折地穿过这个小小的镇子,安静而清新的空气让我想起了我的故乡。

川藏单车行

故乡里也有这样一条河,叫细鳞河,据说以前有一种细鳞鱼很是鲜美,可惜我从记事起已经灭绝了,不过小的时候河里有很多鱼,每年家里都会有几次在大人的带领下去捞鱼,捞到后就成了美味的鱼酱和鱼汤。

河里还有一种野生的软壳动物,我们叫蝲蛄,也就是现在所谓的小龙虾。这种生物是呆子,多数的时候都是静静地藏在石头下面,只要轻轻地掀开石块,它还是不动的,然后用两个手指慢慢伸入水中,夹住它的背,它那张牙舞爪的大夹子也就没有了用武之地。

运气好的时候,妈妈在河边洗完衣服,我就能抓一小袋,回去用酱一炸,就是晚餐的一道至鲜美味。

老谢洗车,小白指导,我在楼上晒太阳

洗好了车，小白又说水里有沙子，必须用清水冲刷，于是回到小旅店，我把我的车也丢给她——反正她干这个驾轻就熟又乐此不疲。

我们刚把所有衣物都洗好挂了起来，院子里又来了一帮搭车的骑友，这帮骑友是滇藏线过来的一群学生，聊了几句，听起来的意思是基本没怎么骑，几乎是一路搭车过来的——这样其实很轻松啊，坐车到一个景点，然后骑车四处乱转。

趴在二楼的阳台上，懒洋洋地晒着太阳，看着这些人进进出出，洗衣服的、洗车的、聊天的，忽然觉得心底很温暖。

我觉得足够了，川藏线给我的到此刻已经足够了，最难的路都走过了，最美的风景也看过了，即使不是最难和最美的，我已经满足了，我不想等到厌倦再离开。

而来到川藏线，我们最大的目标就是获得快乐，何必再折磨自己。

老谢是没办法了，膝盖受伤，单位还催他回去上班，12号必须从拉萨往回走。

于是我们一拍即合，由他拉萨的朋友帮忙订了12号的火车票还有拉萨的住宿，而我们算了算时间，还是可以和大家一起走几天，于是帮老谢把多余的装备寄回了福建。

回来后我们商量了下，如果只有我们两个搭车走，未免一路无聊，要是能带上老余一路折磨，那就很爽了。

于是我们开始拉拢、收买、打击、诱惑、威胁余老师，没想到这个全川藏线第一个搭车、一路搭车最多、除了爆胎就没干过别的事的家伙居然坚决不肯！

于是游说造谣，严刑威迫，苦肉计、美人计……

这家伙就是铁了心不肯和我们同流合污，后来我才明白一个道理，余老师属于赶着不走、拉着倒退的主，我们要是不搭理他，他准就主动要求了，我们越

是求他，他越是拒绝。况且他在小白面前多少有些放不下脸皮，最重要的是，他还有一个不可告人的秘密。

不管他，剩下的日子，我就是真正地享受生活了。

晚上的时候我照例和老谢在房间痛饮，老余在旁边作陪，一个滇藏过来的女孩跑过来和我们聊天，瞪大了眼睛听着我们三个在那里胡吹了半天，临走时扔下一句话：虽然前面搭了很多车，看来剩下的路还是也搭车走吧。

七个小矮人队，劝解人腐败的能力可见一斑。

二锅头兑红牛的皇家土炮的结果只能是大醉酩酊。

余老师，您又受苦了。

顺便替中国邮政打个广告

第十九天　号外篇——论教育—兼论中国教育

什么是教育？

教科书上是这样解释的：教育，通常有广义和狭义两种概念。广义的教育泛指一切传播和学习人类文明成果——各种知识、技能和社会生活经验，以促进个体社会化和社会个性化的社会实践活动，产生于人类社会初始阶段；狭义的教育专指学校教育，即制度化教育。

我觉得更直白的解释是——教育分为"社会教育"和"自我觉醒教育"两部分。

"社会教育"是符合社会需求、符合社会整体价值观、符合社会劳动力需求的贯穿每个人一生的教育。

"自我觉醒教育"，是在获得自我意识后，拥有了一定社会教育的基础的前提下，针对自我需求进行的主观自我发展。"自我觉醒教育"是个体的，是根据个人喜好和需求而主动感知世界、获取知识、创造独特世界观，并达到自我实现的手段。

"社会强加教育"让我们获得社会认同和生存的地位；"自我觉醒教育"让我们成为具有创造性、道德感和责任感的独立思考的人。

要让我们的人民拥有公平的接受社会教育的权利，公平的追求自我教育的机会任重而道远。

说到教育队伍，我觉得我们首先必须要承认教育行业和其他一切由人主导的行业一样,逃不开人的弱点,有错误、虚伪甚至恶的一面才能正视我们教育队伍的问题。

教育公益性的社会职能决定了其纯洁性和非功利性原则。这就要求从业者必须具备一定道德修养和对这个行业的尊重。

还是那句老话:"教育需要教育家来办。"

师者,所以传道、授业、解惑也。

相对授业和解惑,传道是第一位的。

老祖宗早就明白,教育最重要的目的,就是传授人生的道理和准则,简而言之就是让学生学会如何做人。

人是社会构成的基础元素,那么人的道德水平高低就决定了整个社会的道德水准,因此,教育学生懂得什么是真正的善恶美丑,比告诉学生水是 H_2O 要重要得多;学生在社会道德的答卷上得上 60 分也比在应试教育的卷子上得个 100 分要重要得多。

在觉巴山的山腰上,一所学校的标语:"让学生学会学习,学会做人,学会做事,学会交往,学会合作。"

这个标语给我震撼很大,一些朴素的道理,远远比那些每天喊在嘴边的假大空的口号要实际有效得多。

我与教育行业八竿子打不着,迄今为止也没有教育别人的权力和资格,我只是觉得,如果每个人都关心、正视和重视对自我和下一代的教育,那么国之幸甚,民之幸甚。

第二十天　左贡休整

8月03日　农历：六月二十一日　星期五
干支：丁亥年　丁未月　己巳日

　　相对大海，我更喜欢高山，因为大海太莫测，而高山永远站在我的身边。

——笔者

1492年8月3日，哥伦布开始穿越大西洋的远航。
1914年8月3日，德国向法国宣战。
1923年8月3日，鲁迅出版小说集《呐喊》。
1958年8月3日，人类第一艘船只到达北极点。
……
不同年的这一天还死了作家杨朔、将军罗瑞卿和"四人帮"的王洪文。
2007年8月3日是值得纪念的一天，因为从这一天开始，我的心都是放松和愉快的，无所求的人生才有最简单的快乐，而我对川藏线已经无欲无求。
其实，由于我们人类的历史实在是有点长，所以每一天都值得纪念。

酒池肉林的日子，很是腐败，以至于早上赖在床上都不想起来，抱着枕头想想阿龙那傻小子还在爬山，实在是可以偷笑出声的平衡和欣慰。
既然对余老师的劝降不行，那就只有我们自己娱乐了，小白、老谢、老余和

我四个人围坐一起开始打扑克。

秦始皇当年统一中国的时候,只统一了度量衡,没有统一扑克的规则,实在是缺乏远见。

一个东北人,一个福建人,两个广东人,口音不一样,口味不一样,扑克的规则又怎么能一样,大家统一打法就用了小半天时间。

最后一致同意采用了扑克业的最高端的惩罚办法作为赌资——蘸牙膏贴纸条。

我这个人,多少还是有一点优点,比如说:不吸烟——那是因为我真的没有办法从香烟中获得乐趣;不好赌——其实是比较笨蛋,记不住牌也算计不过别人。所以每当逢年过节,我基本都是准备好给大家输钱的主。

至于其他的优点,我一时想不起来,算了吧。

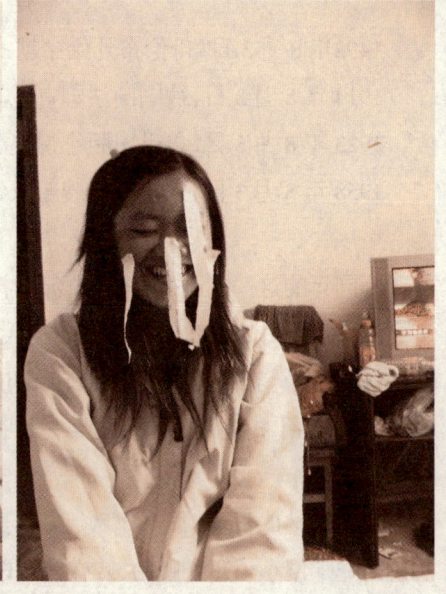

两个广东的小流氓

不过没有想到的是小白和老余这样的家伙比我还笨,所以不到一会这两位就满脸都是纸条了。

正当我一路凯歌忘乎所以的时候,这两位广州老乡就不老实了,一个身为人民教师,一个贵为祖国花朵,居然开始用我完全听不懂的广东话相互交流通风报信——实在是太过分了!

于是,形势自然急转直下,我输得一塌糊涂。

严重鄙视这种明目张胆但我又没有办法的作弊方式。

这么不公平的游戏显然不能持续太久,其实主要不是因为输赢,而是大家笑得都要背过气去了。

下午时分,看到当天在竹卡的骑友一个个到达左贡,老谢和余老师便骑出几公里把阿龙、老唐一干人等迎接了回来。

他们居然还给我们带来了礼物——几听红牛。

原来这群家伙在山顶遇到了开车的人,老唐冲着他们喊:"有吃的吗?"

那车居然停下,然后给他们拿了大饼和一打红牛。他们舍不得喝红牛,一路拿回来给我和老谢兑酒喝。

我拿什么爱你们,我的朋友?

收拾停当后开始晚饭,把我和老谢的决定告诉大家,众人都是沉默的。我知道,我这样走

前所未有的丰盛啊

了,很是伤感。

阿龙是很恨我的,因为我们曾经如此畅想相聚在拉萨的街头。这样地分开,实在是对不住他。

我经常告诫我周围的朋友,不要去试图评判别人,不要去判断别人的生活方式,我也总是强调,我不在乎别人怎么看待我。

其实我们无时无刻不在判断别人,无时无刻不在在乎别人的看法,尤其是自己喜欢的朋友、亲人的看法。

我们自以为是地评判别人,是因为我们潜意识里的狂妄和自大;我们装作不在乎,是因为我们有的时候知道自己是错的,有的时候害怕自己是错的。

恨我就喝酒吧。

和朋友饮酒是一种人生乐趣。酒过三巡后,大家无论胡说什么,无论天南地北地扯到哪里,都是一种开怀。

酒精是一种神奇的东西,它麻醉和兴奋着我们的神经,将生活划分为麻醉和清醒。

古希腊哲学家用酒神精神和日神精神来划分这两个状态。

日神精神象征的是美的外观,"我们用日神的名字统称美的外观的无数幻觉"。日神精神象征的是形式主义和古典主义、视觉艺术。

而酒神精神来源自古希腊的酒神祭。

在酒神祭中,人们打破禁忌、放纵欲望,解除一切束缚,复归自然。这是一种痛苦与狂喜交织的非理性状态。"酒神状态的迷狂,它对人生日常界线和规则的破坏,其间,包含着一种恍惚的成分,个人过去所经历的一切都淹没在其中了。"酒神精神象征的是浪漫主义、音乐和表演艺术。

酒神与日神就是我们的两种状态:理性和感性。

我们以理性来确保生活,以感性来解脱痛苦,创造世界。

人人都是瘾君子,有人沉迷于金钱,有人沉迷于权力,有人沉迷于宗教,有人沉迷于性爱,有人沉迷于毒品,有人沉迷于烟酒……

无论选择什么,终究要选择一种,没有高尚卑贱,人人都需要两面的生活。

晚上的时候,我躺在床上看着旋转的天花板,想起这些天和这些年的一些事情。

那些曾经无法释怀的,我从来都没有释怀过;那些不在意的,也真的没有留下过痕迹。

也许每个无神论者都是绝望的人,因为他看不到希望,这种貌似明智的清醒,也许正是一种自寻烦恼的糊涂。

能真正去信仰什么,即便在某些人看来是愚蠢和错误的,对自我至少也是一种解脱,就仿佛用酒精麻醉自己一样。

兵可千日不用,不可一日不备;酒可千日不饮,不可一饮而不醉。

小白的老大,谢谢你创造了酒精。

第二十天　号外篇——流浪狗

我们都是流浪狗
每天在雨夜里游走
穿过迷醉的霓虹
用冰冷的脚指头

没有自己的土地
只有永远的街头
为兑现一个千年的诺言
在孤独的岁月里无尽地漂流

偶尔相遇
对视一眼
那眼神就像多年的朋友
然后
擦肩而过？
咀嚼着生活
期待下一个千年的回眸

　　雨夜,我走在街头,看到一只被淋湿的小狗,我们对视片刻,那眼神就像一个与我相知千年的朋友。

第二十一天 （左贡—邦达110公里）

8月04日　农历:六月二十二日　星期六
干支:丁亥年　丁未月　庚午日

　　在美好的心情中,所有事情都是美好的。

　　　　　　　　　　　　　　　　　　——笔者

收拾驮包出发!

休整了三天后,我拥有了前所未有的出发的动力,不过早上依然赖床不起,在众人的责骂声中推着车走出了门。

不过让我欣慰的是,在左贡这个"偌大"的县城里,一大早我们推着车满街找吃的都不开门,直到九点多才找到一点大饼和包子,等我醒酒才慢吞吞地出发。

然而即便休息了两天,骑行十分钟后,我依然恨不得马上回到床上睡觉——相信我,大家都是这么想的。

就在出县城的路口处,川藏线上最大的阴谋事件发生了。

首先登场的演员是小许,他骑到我身边,不怀好意地说:"丁搏,你的后胎好像瘪掉了。"

作为一个每天爬坡几十公里的人,当你觉得骑得很累,你没法不怀疑——你自行车的沉重是因为爆胎、磨损或者其他任何不是自己骑不动的理由。

其实我们每个人在每件事上，都愿意给自己找个理由来平衡自己可怜的自尊心。

于是我跳下车,低头去看后胎的情况。

说时迟那时快,阴谋的主角小白拍马杀到,以每小时 300 公里的时速——我承认我夸张了,30 公里还是有的——直接撞上了我，我以符合动能守恒定律的方式飞出了五六米远。

小白扔下车,带着哭腔跑过来拉着我大叫:"丁搏,你没事吧?你没事吧?"

我这被撞得七荤八素的,还得一个劲地安慰她:"我禁撞着呢，没事，没事。"

最厉害的杀手就是她杀了你,你还得安慰她说,没事,误杀而已。

事后我怎么想都不对,我这些天挤对小白的老大,打扑克给小白贴纸条,得罪了小白是不可避免的。而小许这家伙是小白一个眼神就能去赴汤蹈火的主,两个人串通起来阴谋暗算我,简直是一定的。

哎呀,想不到啊,竟然被两个小屁孩给算计了。

阶级斗争无处不在,阶级敌人很是恶毒啊。

今天是 105 公里的平路到邦达,景色平淡无奇,大家骑得昏昏欲睡,很是沉闷。

最痛苦的还是那些大饼做的午餐,实在是坚硬干涩得难以下咽,老余吃到一半就把它扔到河里喂鱼了。我则是尽量沿着边去啃成一定漂亮的形状,以达到促进食欲的作用。可惜效果并不明显。

这些年四处上学工作,把方便面和包子吃到恶心,一趟川藏线让我对所有圆形的饼状食物也都失去了信心。

下午继续骑行,经过一个缓坡的时候,突然发现草丛中窜出两个硕大的獭状动物,很快钻进了灌木丛。众人惊呼,老唐、吴昊等还扔了车,追过草地,我则

这要是个巨无霸之类的，我愿意拿小白来换

抄起了石头，冲下去四处查看，结果发现好多的洞，实在不知道它们钻进哪个洞了。

大家纷纷议论，这可能是雪猪或者是其他什么动物，我则可惜到嘴边的美味就这么跑了——打死后烤熟肯定比大饼强多了。

傍晚的时候，人困马乏之际，终于到达了邦达。

邦达拥有一座民用机场，距昌都首府城关镇174公里，是世界上离城镇最远的机场。又由于其处于海拔4334米，也是世界上海拔最高的机场，再加上空气稀薄，因此拥有长达5500米的全世界最长的民用机场跑道。

作为川藏南北线的交汇点，沿着三条路交叉点就着路的方向建了三排房子，因此邦达是个三角形的小村庄——这和中国传统文化的审美观点可是大不相同——所以说，实用才是最重要的硬道理。

我们住在一个叫"邦达背包客之家"的小旅店，作为一家很有驴味的旅店，墙上签满了驴友们的大名和留言，以至于我怀疑老板是不是每隔几个月就要重新粉刷下墙壁。

小白兴致勃勃地在墙上画下了她的Logo，早晨撞了我，心情当然好啊。我恨不得在下面直接写上她的电话号码，然后写上办证、代买拉萨火车票之类的服务项目——我忍了。

我又动了邪念，想写上余老师的电话

由于这里的高原地理原因,太阳能运用起来很是方便,我看到路边用白铁做了个 U 字形上面架个铁壶就能烧水了,劳动人民的创造力真是无穷的,让人既钦佩又惊叹。

　　晚饭是蛋炒饭,吃着吃着,阿龙大叫一声,吃出一片玻璃来,紧接着一个个都吃到了玻璃,而且这些玻璃拼接起来,俨然就是个玻璃杯嘛。

　　我赶紧安慰大家:"嚓声,刚才听到老板娘在嘀咕找玻璃杯,要是让她知道被你们吃了,这顿饭还得加上一个玻璃杯钱。"

　　权衡了今天晚上的住宿和明天早上的早餐问题,我们没敢投诉。

　　想起一个以前吃饭的笑话,一次冬天偶然和朋友去吃春饼,大家进门忙着挂衣服,挂完后在桌边聊天,一位同行的朋友无事就用筷子去数先端上来的盘子里的春饼,发现居然少了一张,于是大家大怒——春饼也就是几分钱的东西居然也克扣——便不依不饶地找来经理理论,结果那经理赔礼道歉又赔了个菜才算完事。

　　事后,一位朋友看外人走了,才喃喃地说:"各位大哥,刚才你们挂衣服的时候我太饿了,就吃了一张,看你们那么生气,我也没敢承认……"

　　于是我们吃完饭灰溜溜地溜出了饭店,再也没敢去吃过。

　　晚饭过后,大家依次去冲凉,由于这里缺水没电——我们喝的、用的水,都是老板用一个废旧大油罐装水从远处拉回来的。电都是各家自己用柴油机发的电。所以冲凉的地方,只能点根小小的蜡烛。

　　于是冲凉的攻略如下:

　　第一,冲凉的地方跟柴房差不多,所以门是需要拿根木棍别起来的;第二,蜡烛的光线有限,所以一定不要带太多零零碎碎的什么月光宝盒之类的小东西,否则掉了找不到;第三,水是宝贵的,一定要注意在涂满香皂之前看看还有没有水……

　　卧室里是很有特色的藏族风格,不过今天实在太累了,酒都省了。

川藏单车行

看到柏油路就想死在上面的阿龙

第二十一天　号外篇——七个小矮人和一个小白

佛家有七宝：金、银、琉璃、砗磲、玛瑙、珍珠、琥珀；药有"七情"：单行、相须、相使、相畏、相杀、相恶、相反；人生有七苦：生、老、病、死、爱别离、怨憎会、求不得。

刚刚准备走上川藏线的时候，本来相约只有四个人，而其中一个台湾友人连成都都没去就不知所终。其实只有我、余老师和唐老师三人属于编制人员，在成都捡到四个散兵游勇后，七个小矮人队正式成立，"七"也算是一个定数。

阿弥陀佛，幸好不是只有我们三个上路，否则连个喝酒吃肉吹牛恶搞的人都没有，我准会闷死。

有了七个小矮人，就应该有一位白雪公主，在我们苦苦寻觅不懈努力后，小白来到了我们的队伍，故事终于变得圆满。于是一路上有酒就喝，有肉就吃，有歌就唱，酒酣耳热后促膝夜谈，激情飞扬时振臂高呼，怎一个爽字了得！

让我介绍下我的队友们吧——

阿龙的秘密——阿龙是个"傻"人

从宝鸡翻越秦岭到达成都，从成都沿川藏线到达拉萨，从拉萨沿青藏线回到宝鸡，自从有了航天测绘后，实在很少有人这么测量青藏高原了。尤其是对于一个明明知道"骑车走川藏线都是 SB"这一真理的人来说，只能说他傻得很有品位。

每晚抱着酒瓶和我还有老谢三个人一起胡扯,是我们川藏线的保留节目,每天抱怨没有面吃是他的专业节目。

阿龙是个很有原则的人。在雅江,阿龙怒斥我骑得过快没有照顾小许的情景至今历历在目,至今想起来仍让我惭愧不已,而队友遇到危险能够不假思索舍身相救,遇到抢劫打架,能够立刻抄家伙动手的估计也就只有我们两个,这是性格使然。

阿龙的性格,是患难间能够挺身而出,乱世中可以托付重任的西北汉子。

顺便说一下阿龙现在是一名光荣的人民警察,2009 年 10 月还组建了自己的家庭,以后还是别做傻子,买辆车,带着老婆孩子一起腐败吧。

余老师的秘密——余老师是个"伤"人

余老师在川藏线上威风八面,搭车王、下坡王、艳遇王、推车王——几乎一路的桂冠都被其戴在头上。

但是余老师生不逢时。

若早生 1000 年,他应该夜宿秦淮,杨柳岸晓风残月里,每每相看泪眼到无语凝噎。

若早生 500 年,他可以居于金陵,大观园里每天掰着花瓣想,我该喜欢谁呢?

若早生 100 年,他适合在一个江南小镇做个大户人家的公子哥,手里拿着雪莱的诗集,病怏怏地让人推着去看海棠花。

可他生活在了现代,所以现代这些刀子一样的女孩子让贾宝玉式的余老师感情上一直是伤感的。

但余老师的工作与人品,对我而言仰之弥高。

子贡问孔子:"有一言可以终身行之者乎?"孔子说:"其恕乎!己所不欲,勿施于人。"

忠恕之道，是余老师一直所坚守的，他是一个可以容忍伤害的人，也是一个可以原谅伤害的人，这一点在这个时代尤为珍贵。

也许这和他的工作有关，作为一名特殊教育者，余老师每天面对的都是些智力低下的孩子，教给他们生存的技能，为他们介绍一份减轻家人、社会负担的工作。这是一种永远没有回报——无论精神上还是经济上——而且，永远不会诉诸主流的工作。

余老师的斯文和滥好人作风，我这样一个粗糙偏执的人是永远做不到的，而他为他那些特殊的学生所做的任何一件小事，其意义都远超越我至今所做过的所有事情的总和。

唐老师的秘密——唐老师是个"专"人

唐老师是一个严谨而坚定的人，也是我们川藏线上的大内总管，每到一处就看到他操着"四""十"不分的四川话给大家安排饮食住行，每天满足我们这几个来历不同口味不同的家伙，实在是一件麻烦的事情，可他总能井井有条地统筹，所以我们从来没有担忧过吃住的问题。

和唐老师一路骑行，是一件让人有安全感的事情，尤其是对我这种棒槌，有一个能修车、懂路线、有几千公里的骑行经验的队友，何其幸运。

从骑车角度上讲，8个人里只有唐老师是真正的骑友，而且是真正怀揣骑行天下的梦想的骑友，他已经骑行了东北、西藏、新疆、青海、云南，而且我相信他会一直骑下去。

让我跟着他年复一年地骑下去的蠢事我是决计不做的，但这等勇气和坚韧令我敬佩之至。

谢长官的秘密——谢长官是个"俗"人

作为团队里年龄最大、社会经验最丰富的人，谢长官与我们的感情亦师亦

友，做老师的人一般容易带有一种管理别人的惯性。年龄大的人也容易抱有较深的城府，但谢长官全然没有这些"恶习"。一路上，他做的最多的就是骑上车敞开了胸襟谈天论地，坐下来一起大碗酒大块肉地胡闹。

而且最重要的是，他用世俗的智慧给了我们一种享受骑行过程互相包容的心态，正是这种心态，造就了我们这支队伍的生命力，也正是八个人都认同了这种心态，所以才有了这段幸福的时光。如果阿龙是军事上的排头尖兵，唐老师负责技术上运筹帷幄，余老师是调节生活的公用受气包，那谢长官就是确定党的政治路线的定海神针。

"世事洞明皆学问，人情练达即文章。"

大俗的生活就是大雅，如今谢长官已经是一个拥有七斤二两儿子的父亲，是个幸福的俗人。

吴昊和小许的秘密——吴昊和小许是"小"人

这个小，是小孩子的意思。

作为两个在校的学生，这两个家伙莫名其妙地就来到川藏线，莫名其妙地就被我们收编，然后干了无数莫名其妙的事情，一路与我们欢声笑语地前行，最后回到学校，可以在女生崇拜的眼神下光着膀子胡吹。

年轻而幸运，这种幸福，我很嫉妒。

人都是刺猬，都是难以接近的动物，我甚至在想，他们未来的生活里是不是还会遇到一个像我们一样融洽的团队——因为迄今为止，我几乎没有遇到过。

但我相信，这段时光的记忆足以让他们在人生任何情况下，都感到温暖和振奋。

小白的秘密——小白是"天"人

说实话,我很少接触到小白这个年纪的女孩,我对她们的印象大都是公式化的——幼稚、荒唐和不可理喻。

但小白是个让我、也让所有人"惊为天人"的女孩,她是这个世界上我第一次遇到的,对自己所信仰的东西,如此坚定虔诚的人,而且还是一个如此年轻的女孩。她坚信她的信仰可以给她带来力量,她也欢喜地满足和享受这个世界给予她的一切——这个世界99%的人直到死亡都无法得到这种内心的喜悦。如果给我们8个人的幸福指数打个分的话,我相信小白最高,老余最低,其他人半斤八两吧。

我一路上经常拿她的宗教开玩笑,可她却不以为忤,她的宗教知识其实并不丰富——不过还是比她的中国文化知识要强一些——但她"相信",我们这个世界,能去相信其他东西的人,就值得我们尊敬。

小白的纯真、淡定和对信仰的坚定让我自惭形秽。丑小鸭总有一天会变成白天鹅,相信小白也会成为真正的白雪公主。

我的秘密——我是个普通人。

他们有的缺点我都有,他们有的优点我却未必具备。在茫茫人海里,我的困惑与痛苦,不比别人的多,也不会比别人的少。

"朝闻道夕死可矣。"

我只希望我的生活有那么一点意义。

七个小矮人和一个小白,和你们相比,川藏线微不足道。

第二十二天　怒江七十二拐（邦达—八宿95公里）

8月05日　农历：六月二十三日　星期日
干支：丁亥年　丁未月　辛未日

　　阿姆斯特朗打开舱门，小心翼翼地沿着梯子走到怒江七十二拐地面，说："对我来讲这是一小步，而对于全人类而言这是一大步。"
　　　　　　　　　　　——怒江七十二拐和月球其实区别不大

　　一出邦达，一条毫不留情的陡坡冷冰冰地摆在我们面前。由于昨天道路的折磨，看着这样的路实在是让人心底发毛。
　　我看着阴沉沉的天，故作深沉道："老夫昨晚夜观天象，今天必有大风"——其实我是昨天傍晚看到硕大的日晕了。
　　于是在冰冷的逆风中，大家一面极为吃力地向上磨蹭，一面埋怨我的乌鸦嘴。
　　13公里的上山路，我们3个小时才走完。因为我和老谢即将和大家分开，我们一帮人就在这山口——合照留念，虽然每个人都面带笑容，但多少都还是有点伤感。
　　合影结束，准备下山。
　　所有人都仔细地检查所有的装备，神情凝重地检查车辆情况和行李的捆绑。因为下面就是赫赫有名的怒江七十二拐！

最后一座山

即使大家有一定的心理准备，即使大家经历了像海子山和119这样的艰难天路，转过山口闪出的景象，仍然让人震惊得目瞪口呆——那条路仿佛有个远古的巨人，抡起一只如椽大笔，在三千多米高的山头，一路"之"字形画到山脚。

值得一提的是，在此之前，我真的不知道怒江七十二拐为何物，因此我更感觉震惊和奇异。

所谓怒江七十二拐，实际上是由上百个转弯构成的盘山路。主要分成三段路。

第一段是刚从垭口下来的道路，一侧是深渊，一侧是碎石构建的崖壁，碎石路上小块的落石不断，一些地方坍塌成可以过车的龙门状，凶险异常，真的仿佛是外星球的地表景色。

路过这段路时，一群武警官兵正在将路边滚落的巨石推下深渊，我们经过时冲他们喊："辛苦啦！"

没想到得到的回答竟然是一句响亮的："为人民服务！"

这条路从上往下已经让人胆寒，真不敢想怎么从下往上爬

那一瞬间，我感觉我的眼圈一红。

进入藏区后，无论是治安还是道路都是由这些令人尊敬的武警官兵维护的，他们在这样艰苦的地方为了国家的安定人民的幸福奉献着自己的青春乃至生命。

他们就是当代最可爱的人。

转过山坳后，进入第二段路，这段路到处是半尺厚的尘土，以极频繁的弯折缓降，一路向下，每当汽车通过，顿时尘土飞扬，无法呼吸，几米内看不到队友，我们的运气不错，最近几天都是晴天，真的不敢想象在雨中走这段路是什么模样。

在下这段路的过程中，由于速度不同，又屡屡被汽车打断，所以逐渐地大家都走散了，我和小白、小许一组，下到山底，一段塌方加巨石的道路阻断了很

怒江江畔峭壁下的道路

多车辆,前方武警的工程车一刻不停地在修整路面,上前一问原来这段路已经塌了两天了。

看来自行车还是有其优势的。

下了山后,道路沿着嘶吼翻滚的怒江而下。这里的山势水势更加险恶,到处都可以看到从上面塌下的石头。在无穷无尽的碎石路上,我们的身上、车上已经积满了厚厚的尘土,雨衣内的汗水也早已经把内衣湿透。而此时太阳又跑出来暴晒,在满是淡褐色石头、全然没有绿色的峡谷里,温度急速升高。

由于我没有排气的冲锋衣,而是穿着厚重的雨衣,一会便感觉酷热难耐,头晕恶心,有要虚脱的迹象。

幸好一路下坡,我和小白、小许抢先到了怒江桥。

在阴凉里找个角落坐下来,我们拿出干粮和水,在这小憩,守桥的卫兵是湖北人,和小许一样大,攀谈间,听到他淡淡地说:"还有一年就回家了。"

川藏单车行

我抬起头看着这个年轻士兵的眼,那单纯的眼睛里流露的那种对家的渴望,虽然平淡,但真实得让人动容。

我们的祖国,我们的和平生活,就是由这样的无数个坚强的士兵,用青春和生命保卫的。

吃过饭,我们三个骑过了桥,在一处巨石下的阴凉里一面横七竖八地躺着休息,一面等大部队上来。

而老唐、阿龙几个家伙居然在我们刚刚路过的臭气熏天的破房子里午餐休息,真不知道他们是累糊涂了还是对此有什么偏好,不过午餐后阿龙拿了一块木炭,在墙上留言道:"骑车到拉萨的都是傻子!顶!"

但我相信,此名言必将在川藏线上传诵百年,名垂青史。

这么三俗的事情我和小白是绝对不会参与的

由此可见，文学的力量不在于雅俗，而在于一语中的。

不久大家赶了上来，我们的午睡只能就此结束。

继续沿河骑行一会后，山势又大不相同，不再像之前的那么险恶，反而山势渐变宏大，高耸威严，石块的颜色也以黑色为主，以至于我疑心有的地方是不是露天煤矿。

一路村庄不断，在一个桥头，遇到一群孩子，老唐等人居然用糖果和孩子们换了一些野生的小果子，虽然青涩，吃起来倒也满口生津。

不过我就比较惨了，终于挺不住，虚脱了，幸好老唐带着药，我在地上足足躺了大半天，才勉强爬起来，在起起伏伏的路上半死不活地前进。

傍晚时分，终于到达了八宿。可恨的是八宿的城区居然是一个长长的大坡，而且是当我们爬上了坡之后，大内唐总管才确定，坡下面的旅店比较好——我死的心都有了。

洗车、洗衣服、洗澡，今天至少每人洗下一斤尘土来，洗完后草草吃饭，我、老谢、阿龙在一个房间里照常酗酒，小白在一边自顾自地玩。

今天晚上的节目是啤酒，话题是各自家乡社会上发生的一些笑话，在这些灰色和黑色的笑话中，我们一边抱怨社会上的林林总总的现象，一边嘲笑着别人或自己。

其实，我们每个人对生活的抱怨都是比较多的，然而因为知道抱怨没有意

义和结果,所以我们会把人生的抱怨都变成了彼此分享的笑话。

讲着讲着,回头一看,小白这个心无杂念的家伙,居然已经在我们酒席的嘈杂声中酣然入睡。

第二十二天　号外篇——信任

你问我
什么
是
信任

我默然
在这个城市最繁华的街口
我摘下你的头巾
遮住我的眼
牵着你的手
穿过
汹涌的车流

然后
平静地
告诉你
我没有颤抖

第二十三天　艳遇之日（八宿—然乌93公里）

8月06日　农历：六月二十四日　星期一
干支：丁亥年　丁未月　壬申日

虽然我没说，但其实很嫉妒余老师；虽然我没做，但很希望能拿小白换部去拉萨的拖拉机。

——笔者

一出八宿，首先就是一个大下坡！考虑到今天要翻越安久拉山，下得越多，后面就要上得更多，实在不是什么好彩头。

出门就开始刮起很大的逆风，一路都是连绵起伏的柏油路，爬上爬下地折磨我们。

由于昨天已经在怒江七十二拐被折磨得不成样子，于是我们再次发挥腐败队伍的精髓，出发不到一个小时，在小白的带领下，大家躺在路边的排水沟边就地休息，一赖就一个多小时。眼看着别的车队行色匆匆赶路，我们还自我安慰：我们这些成年人的成熟心态和这些孩子的高度就是不一样。

路总是要走的，坡总是要爬的，日子总是要过的。

再次上路后，道路仍是不断起伏不见上坡，这种起伏的山路其实最耗费体力和精神。

骑着骑着，无聊的阿龙提议要和余老师换车，于是，阿龙骑上老余的小号

腐败啊，腐败啊，连小白都腐败了

美利达勇士，而老余骑上了捷安特雅克。

两三公里以后，阿龙就投降了，说再骑下去他就废了。然后很惊讶地问余老师，你为什么买了这么个小车，难道川藏线的虐待还不够吗？

我突然想到，我的车也买小了，我在川藏线骑到第 23 天的时候终于发现——我的车买小了。

没关系，我这辈子干的比这蠢的事情多了去了。

养足精神后，我们居然还超过了两队人马，看来劳逸结合才是王道。

随后我们又遇到了一队朝圣者，大概是因为刚刚深入藏区的缘故，这是我们遇到的第一批朝圣者，年长者由于年轻时已经履行了这一仪式，所以负责推着小推车，带着被褥和锅碗瓢盆等家当，年轻人一步步叩长头走向拉萨，向着他们心目中最神圣的地点坚定地前进。

我没有给他们拍照,因为虽然我是个彻底的无神论者,但我尊重别人的生活和选择,我不忍打扰,更不能亵渎他们。

中午到达了吉达乡,我们在唯一的一家饭馆吃了昂贵的 8 元一碗的面条。在同一个饭馆吃饭的还有长江上游水资源科考人员,据说他们要把那些小发电站都炸掉,说是破坏了生态平衡。他们拿出一些桶,桶里是一些小鱼,说是要解剖那些小鱼,并拿一些仪器做研究。

可怜了这些小鱼,本来他们的归宿应该是我们盘中美味的鱼汤。

午后一出吉达乡,余老师破天荒地冲到了队伍的最前面,在一个长坡前,只见余老师身穿 27 号白色球衣,英姿飒爽地出现在所有人的最前方!

正当他兴致勃勃的时候,我模仿足球评论员,大声评论道:"27 号!27 号!他冲上来了,他超过所有人,他冲到坡下,好快!……他下车了!他推车了……"

此话一出,众人全部笑倒,老余也跌下车子大笑,好不容易激发起的那点肾上腺激素也耗尽了,只好老老实实开始推车。

临末了还不忘回头臭美大喊:"川藏线上传说中风度翩翩的推车王子,正是在下。"

下午的路变得陡峭和艰险,也不知道谁拿出了网上的攻略大声朗读:"76 公里很缓的上坡,上山的路很平缓,几乎感觉不到是上坡!"

写这个的兄弟这段路应该是坐车过去的吧。

我对今天的坡给予了一针见血的评价:"我们看到它是下坡,其实是上坡,如果我们看到的是平路,其实它也是上坡,如果看到的是上坡,那一定是上坡!"

从此以后,我们就对网上的攻略失去了信心,以至于在展望每天的道路时,我们都会开玩笑地回答:"攻略说了,今天的坡很缓,几乎感觉不到上坡!"——然后哄然大笑。

其实今天是川藏线上的艳遇之日。

首先登场的是余老师。

路过仲沙的时候,时值藏族节日,河边的草地上搭了很多漂亮的帐篷,很多藏族人在载歌载舞。我们坐在路边远远看着,感受着他们的欢乐。临出发时,经过仲沙村口,路边站着十几个穿着很漂亮、很有藏族特色的藏族女孩,老谢过去了,阿龙过去了,我也过去了。

当余老师骑车经过这些女孩的时候,突然有几个女孩大笑着冲过来,将他放倒在地,连人带车就往帐篷里拉。

余老师至今还在后悔不已,没有入赘藏家

在我们全力抢救下,余老师才幸免于难。

我的脑海里展现这样一幅景象,十年后,余老师登上国家级教育类报纸的头条:"广东青年余斯敏,入赘藏族,深入藏区普及广东话,几十年如一日……"

第二个出场的是小白。

我们俩并肩骑行,一个藏族小伙子开着摩托超过我们,忽然发现小白是个女孩,便放慢了速度,频频回头抛着媚眼。

把我们这个天不怕地不怕的、自以为有老大罩着的小白,弄得脸红得像苹果,恨不得把头藏在车把后面。幸好我在旁边,那家伙才不敢乱来。

我对小白说:"小白,你的白马王子(刚好那藏民穿白色上衣)出现了!你就留下吧,我们把你拿去换牦牛!我们要换 30 头牦牛、40 头牛、50 头毛驴,还有 20 个藏女,和一台拖拉机,载我们去拉萨!"

听到这句话,她狠狠地撞了我一下。

其实后来我和当地人求证过,由于女孩子不是劳动力,顶多也就换一头牦牛——唉,可惜了我们的小白啊。

傍晚,迎面的逆风越来越大,骑得很辛苦。

大家忽然发现路边只有小许的单车在,人不见了,我们四处喊他的名字,结果在山坡的隐蔽处传出小许的声音:"我拉肚子了。"

原来小许在吉达乡贪便宜,买了两个 5 毛钱的雪糕,结果到安久拉山时肚子痛,然后撇下车子跑到山坡上的灌木丛拉肚子去了。

众人大笑:"谁叫你吃那个雪糕呢?"

后来据小白说,从此以后小许便患上了雪糕恐惧症,以致后来中午买雪糕吃,他只能看着别人吃,他们还对他开玩笑说:"小许,雪糕好好吃,大不了回去安久拉山……"

快到山口的时候,老余跟打了鸡血似的,竟然全队第二个冲到了山顶,远远抛开了其他队友——自打二郎山以后,每次爬坡他都是落在后面的——这就是艳遇的力量啊!

安久拉山的山顶是个平坦的草甸,我甚至疑心中间水草丰茂的泥地是不是沼泽,不过到达山顶的时候,天已经开始发黑了,温度骤降,拍完照,加了衣服我们就立刻下山。

下山遭遇了很大的逆风,以至于下坡还要蹬车,我们一个个浑身冰冷地排成一排向山下冲去,天色越来越黑,终于在黑透前,筋疲力尽的我们到达了然乌镇外。

马上要到然乌的时候,还出现了这样一个插曲,在隧道前是一个紧急的转弯下坡,我减速准备慢慢通过,只感觉嗖的一下,余老师这个不要命的混蛋从我身边几厘米处毫不减速地冲了过去——旁边就是六七米的山涧,后来看到有的骑友在这摔得鼻青脸肿的惨状,让我至今想起这件事头皮还是发麻。

进了然乌城,安营扎寨。

今天是唐老师的生日,他请大家喝酒,请小白喝可乐。老谢也亲自下厨给我们炒菜,能在川藏线上过生日,真的是件让大家羡慕的幸福的事。

不过后来这些人就逐渐离场,我们还遇到了哈尔滨的女孩小树——就是在雅江被我语言解散那个队伍的女孩。

她一面批评我,一面和我们推杯换盏地聊着一路的趣事,原来她是第二次进藏区,用她的话说,回去了觉得不真实,反倒是在西藏觉得一切都是自然和幸福的——虽然我不知道她现在在哪里,但能找到这样一个令自己平和的地方,都是幸福的。

今晚我和老谢睡单间,其他人睡通铺,倒不是为了尊老,是他们怕了我们的酒后呼噜。

老唐,生日快乐!

第二十三天　号外篇——人淡如菊

鲁迅先生说:"我的确时时刻刻解剖别人,然而更多的是无情地解剖自己。"

解剖自己,无非是对过去自以为是的悔恨,对现在痛苦的承受,和对未来孤寂生活的悲凉。

活了很多年后,你若想清醒地活着,你就不得不承担好自己的过去,承受好自己的现在,承接好自己的未来。

因为你没得选择。

每个人的一生其实都是与自己战斗的一生,在追逐着自己的理想和控制着自己的欲望之间找一个微妙的平衡点,因为一旦跨越这一条线,就意味着沉沦或灭亡。

人生会经历几个阶段。先是崇拜这个世界,把一切写在纸上的都当成是高不可攀的真理。然后怀疑这个世界,觉得所有真相都应该被揣测和分析。最后自以为了解了这个世界,于是开始自我膨胀,认为自己的知与行都远高于他人。

人生其实很简单,大家的善恶、美丑、幸福痛苦基本是一样多的,你觉得自己比别人聪明就是自以为是,你觉得你比别人悲伤就是矫情造作。

不过,有些道理是必须有一些事发生,有一些岁月经历后你才会明白,我们不比任何人聪明也不比任何人高尚。

甚至，由于我们太了解自己的真相，我们其实比任何人都愚蠢和卑微。

每天都在大声叫嚷为自己生活的人，其实从来都没为自己活着过。就像有些号称拿得起放得下的主，其实他确实不需要放下，因为他根本没勇气拿起过什么。

了解自己比了解世界更让人惭愧和痛苦。

我曾经坚信，人永远不会改变。

二锅头兑上红牛，在异香里全然没有酒的刚烈，于是一杯杯，红牛越来越少，酒越倒越多。无知觉间人就醉了。

勾兑酒是一种最大的自我欺骗，虽然更容易喝下去，但无论你稀释多少，喝下去的酒精都是一样的多。

就如同痛苦，你以为平均地分配在岁月里就可以稀释，那你就让它充盈了你生命的每一秒钟。

少年不识愁滋味，爱上层楼。爱上层楼，为赋新词强说愁。

而今识尽愁滋味，欲说还休。欲说还休，却道天凉好个秋。

以前读这首词的时候，总是觉得不够美，不够上口，不够惊艳。现在才渐渐明白辛弃疾的心情，能说出来的痛苦就算不得是痛苦。

无论是在网络还是写些不着调的东西，我一直都在用丁典这个笔名。

"丁典"是金庸先生《连城诀》里的一个人物，既没有杨过的洒脱不羁，也没有令狐冲的一片赤子之心，远不是郭靖一般的侠之大者，更比不得韦爵爷的鸿运当头、机智百变；而且小说里丁典相貌平平只是个配角，结果又不是什么喜剧，叫这个名字未免不祥。

人生何必求吉祥，那些见神就拜，据说被满天神佛庇佑的家伙，也没见哪个寿与天齐，而且就算能长命百岁，活得若不痛快淋漓，那也不过是走肉一块行尸一具。

如果一个人孤独地生活在这个世界上看风景,喜剧和悲剧又有什么区别?

生活就是我们每个人的囚室,故事里的丁典每月受一次严刑拷打;现实的丁典的心灵每天都在被自己拷问、鞭笞。

故事里的丁典可以轻易脱狱而去,却为情至死不渝;现实中的丁典本也可随波逐流,但却无法欺骗自己,所以不离不弃。

故事里的丁典每天遥望不可触及的那两株绿菊,便觉得这就是幸福与快乐;而现实中的丁典,只要生活还有希望,还有目标,终老于囚室也不啻人生一大快事。

出了这牢狱,丁典便死了。

故事里的丁典最终与爱人同穴长眠,得偿所愿,如此金波旬花也算是沁人心脾,花开娇艳。现实中的丁典明知梦想涂满了毒药,也会做逐日的夸父、扑火的飞蛾,梦想就是我们的毒。

"别说我中毒无药可治,就是医得好,我也不治。"

生命里有一些东西,叫"不可缺失"。比如你失去了一只手,你还会经常凝视他应该在的地方。但你终究会接受他不存在的事实,这是失去。不是不可缺失。

不可缺失的是我们生命中那种叫"梦想"的东西。

你为之付出一切,即便五内俱焚,生而无味。甚至你可能永远不能真正得到、拥有和理解,就会感觉失去。

因为那是你生命的信念和力量,不可缺失。

为了无法把握的,遥不可及的,不可理喻的,不可缺失的梦想,连生命都可以失去——我们都是如此幼稚悲观而理想主义的动物。

我生在百菊斗艳的时日,黄菊有都胜、金芍药、黄鹤翎、报君知、御袍黄、金孔雀、侧金盏、莺羽黄。白菊有月下白、玉牡丹、玉宝相、玉玲珑、一团雪、貂蝉拜月、太液莲。紫菊有碧江霞、双飞燕、剪霞绡、紫玉莲、紫霞杯、玛瑙盘、紫罗繖。红菊有美人红、海云红、醉贵妃、绣芙蓉、胭脂香、锦荔枝、鹤顶红。淡红色的有佛见笑、红粉团、桃花菊、西施粉、玉楼春……

　　花开十月,人淡如菊。

　　如果可以,请为我在你的窗口放两株淡淡的绿菊,一株春水碧波,一株碧玉如意。

第二十四天　美哉然乌

8月07日　农历:六月二十五日　星期二
干支:丁亥年　丁未月　癸酉日

> 然乌有多美,那要看,你的梦有多美。
>
> ——笔者

作为一个休整日,如果早上我不是第一个起床,实在是对不起余老师,所以我坐在他的床前,温柔地摇动他:"起床了,余老师,给我讲个故事吧……"
老余闭着眼睛四处摸菜刀。
小白实在看不下去了,说:"好吧好吧,我领你出去玩去。"
便宜了老余这家伙。

清晨的然乌多少有点凉意,清淡而白的云如同一拢朦胧的纱,萦绕在山间,静谧的村庄里,见不到几个人影,宛若世外桃源。
我和小白随意地沿着来时的道路向察隅方向骑去,因为那边有一块让所有人都很开心的牌子——"外国人不得进入"。
然乌湖处于喜马拉雅山、念青唐古拉山和横断山的对撞处。其形成是由于山体滑坡或泥石流堵塞河道而形成的堰塞湖,面积为 22 平方千米,湖面的海拔高度为 3850 米。意为"尸体堆积在一起的湖",传说中湖里有头水牛,湖岸有头黄牛,他们互相较量角力,死后化为大山,两山相夹的便是然乌湖。

湖畔西南有岗日嘎布雪山,南有阿扎贡拉冰川,东北方向有伯舒拉岭。四周雪山的冰雪融水构成了然乌湖主要的补给水源,并使湖水向西倾泻形成西藏著名河流雅鲁藏布江重要支流帕隆藏布的上源之一。

走过一条并不艰难的小路,山坳一转,然乌湖出现在我们的眼前,其实确切地说,她已经在这里千万年,是我们这些不速之客,贸然出现在她的眼前。

只是远远地一看。

那水,已经不能用湛清或者碧绿来形容,因为看到了她,你已经忘记了颜色,她包含了色谱中所有的蓝和绿,无论深浅,都美得纯净而自然。

那山,从远处的雪山冰川到近处郁郁葱葱的山林,都不是几何学完美的山,而那一处处恰到好处的勾、皴、擦、点、染,却是完美的挥洒自如的国画的山。

那顺雪山而下的溪水,在阳光下如同一条条弯折的银链,从天际而下,穿越云层,注入这平静入砥的湖面,某一刻让人觉得时间和一切都是静止的,那溪水不是在流动,而是就那样闪亮地挂着。

就像是梦幻。

我们走近湖边,静静地看着晨雾笼罩下的然乌的静谧,再静静地看着高天上的云雾渐渐散开,阳光将整个湖面变成一面流动的镜,再看云雾

神山陡峭的山崖上飞扬的经幡

最美莫过然乌湖

慢慢将阳光遮起来,留下斑驳的光,在山水间变幻着魔术般的影。

这一过程如此令人着迷,以至于我和小白几乎没说什么话,也记不得说了什么话。

何以忘俗,唯有然乌。

湖边一群散放的牦牛,小白叫嚷着要去骑,我看着这些黑黢黢长毛大角的家伙就发憷,于是连哄带骗地跟小白说牦牛是骑不得的,她才将信将疑地作罢。

这样的美景,应该与阿龙席地而坐,浮一大白;或者携一美女,流连畅想……无论怎样,跟小白这个洋葱头来都是煞风景的,唉,看来人生真是很难圆满。

　　我们回到旅店的时候,这帮赖床的家伙都起了床,准备出门了,这时候,苍天有眼——下雨!

　　然乌湖的美景岂是想看就能看到的,你们这群休息日的懒鬼,这群骑车日折磨我的笨蛋,活该!

　　即使是先起来一会的阿龙和小树等人去爬了山也被浇得落汤鸡一样,狼狈地回来了。

　　午饭的时候,小树不知道从哪里弄回了几个奇形怪状的蘑菇,叫嚷着要做了吃掉。唉,这些女孩的大脑实在是难以控制的东西。

　　午饭在旁边的一个小酒店内用餐,也不知道谁说了声"大象",于是大家哄然大笑,吴昊更是将一口米饭直接喷到了对面桌子上。

　　赶紧给人家道歉,忽然发现对面的几个女孩是广州过来的,于是余老师正襟危坐,与她们侃侃而谈,我们几

据说转完山的人会把自己身上的一件东西留在山上,于是我们看到了数不清的佛珠、首饰、手表

个则是拼命地吃饭,一旦发现他们的话题有减弱的趋势,马上就给他们创建一个新的方向,然后大家再埋头苦吃。

最后那个小妹妹实在看不下去了,对余老师说:"你快去吃吧,他们都快把盘子舔干净了……"

随便搭讪是要付出饿肚子的代价的。

吃过午饭,我和阿龙、老谢、小白回到了昨天刚入村的地方,记得在哪里的高处隐约看得到了一个寺庙。

看着汹涌的河水,战战兢兢走过木板桥,走到一个奇异的高山。

山路环绕而陡峭,目力所及漫山挂满了五颜六色的经幡,有些危险的地方我们得手脚并用攀爬上去,却发现这里的道路和路边石块都被转神山的人磨得溜平,就像我们家附近人来人往公园的小径一样,这是需要怎样的人数才能磨到如此地步啊,我不禁感叹这些人可怕的虔诚。

我们四个跟跟跄跄地爬上山腰,一个凿山而建的庙从深山中闪出一角,我们询问了下,几个僧人态度友善地把我们带了进去,里面是个金碧辉煌的佛堂,大概是某位活佛在此修炼过吧,我们都收敛心神,看了看便退了出来。

下山的时候走了另外一条路,看到无数的石块上写满了经文,还有几棵大树上挂满了佛珠首饰甚至手表之类的东西,我们不便触摸,便向山下慢慢走去,临到山脚下忽然发现一堆拐杖足足有几十根,大家推测是转了神山后的人将拐杖丢在这,大概应该是寓意把疾病丢掉吧。

在这么危险的地方建立神庙,然后年复一年日复一日地在这里祈祷和环绕,这是怎样的一种力量啊,宗教精神运用得好,就是净化心灵的甘露,运用得不好,就成为狂热分子的利刃。

傍晚时分,我们几个慢慢走回旅店,老谢继续下厨,我们继续举杯痛饮。

第二十五天　最后一次骑行（然乌—波密127公里）

8月8日　农历:六月二十六日　星期三
干支:丁亥年　戊申月　甲戌日

意犹未尽是人生最难把握的分寸。

——笔者

清晨的然乌，依旧是浮在云雾中的神仙小镇。

云雾丝带一般萦绕山间，而我们在镇子里穿行，仿佛一挥袖就能撩动一片雾，一伸手就能掬下一片云。

出门十几里，都是很好的柏油路。湖水边的小木屋在朝阳下闪着异样的流光，映衬着茂密的森林，奔腾的流水和耸峙的高山，让人感觉像是在梦幻的童话世界里穿行。

继续向前行，不多会儿公路延伸进了帕隆藏布大峡谷，一路下行中，太阳升了起来，由于周围植被茂密，远处雪山林立。所以仍然让人觉得骑行得很凉爽。

由于本地段所在的林芝地区，属于西藏东南部，地处念青唐古拉山与喜马拉雅山交界处，由于受印度洋西南季风影响，形成了独特的亚热带半湿润气候带。气候温和，雨量充沛，生物繁茂，冬无严寒、夏无酷暑，居然是典型的江南气候。波密素来就有"西藏的瑞士""绿海中的明珠""雪域的江南"的美誉。

川藏单车行

    道路起伏不大,甚至多是下坡,因此在笔直的柏油路上,大家骑行得甚是欢快,很快到达了米堆冰川。

    米堆冰川是典型的现代季风型温性冰川,类型齐全,尤以巨大的冰盆、众多雪崩、陡峭巨大700—800米的冰瀑布、消融区上游的冰面弧拱构造,以及冰川末端冰湖和农田、村庄共存为特点。

    在号称"中国最美的冰川——米堆冰川"旁,我们忙着不停拍照,小白则指着冰川大喊:"雪糕!雪糕!"

冰川太远,就不去了

几个西北考察团的人看到这么傻的孩子,居然还是女孩,就送了她4桶泡面和4瓶水。大家在冰川前合影,小白则抱了一只小黑羊捧着泡面和水,龇牙咧嘴地开心。

出了冰川不久,路又换成了搓衣板路,风景也开始变得凶险。所有人都震得双臂发麻,牙齿打颤。由于小白是辆硬的车,所以一路叫苦不迭。

好不容易中午熬到了一个兵站,刚要坐下休息,只见小许直冲冲就向兵站里骑了过去,大家赶紧喝住他——那是军事禁区,直接毙了你都不管理的。

过来后,发现小许车子后面驮的大家的午餐居然被他的车胎磨破了,都弄脏了,大内总管唐老师严厉批评了他这种不负责任的工作风格。

小白则去兵站要了开水,把那几包泡面泡了和大家分而食之。

我是顾不了那么多,找个角落睡一觉是真的。

下午的路基本是一个接一个的上坡下坡,帕隆藏布垂直下切得很深,在江两岸经常形成数十米高的峭壁。我们时而在密林中穿行,时而在陡峭的帕隆藏布峡谷悬崖中攀升,远处随处可见高大的雪山和神秘的冰川。

在这样的道路上骑行,你会有一种强烈的不真实感,因为无论是雪山冰川还是森林里的峭壁激流都是不常见的自然景观,而在这里,我们竟然要在这样的风景中穿行几个小时,实在是壮丽和奇异的路程。

峡谷中偶尔有开阔一点的小平地,点缀着稀稀落落的村落和人家,我们在一个村庄边休息的时候,我忽然发现旁边的树上结了一种红色的果子,大小跟樱桃差不多,我打量了半天,决定摘下来尝尝。

众人极力劝阻,说怕是有毒,我揣测了下:一是这里离村庄极近,恐怕不会把有毒的植物放在这;二是附近放牧极多,若是有毒岂不是把这些牦牛都毒死了,所以但吃无妨。

果子虽小却多汁甘甜得很,我摘了好多,吃得很是爽快,可惜至今不知名字,也算是个糊涂的食客了。

接近傍晚,路好走很多了,大多是平路或缓下坡,路两侧开始有成排的道路防风林,而村庄也随处可见,在这样的道路、这样的风景、这样的天气下和朋友们一起骑行,这才是真正的人生享受。

于是我们一路高歌而过。

这样的道路,即使骑一辈子也不会厌倦。

很快到了318国道4000公里标志处。大家纷纷合影留念。阿龙还开玩笑说把上面的字改成4001,让那些后面来的人找不到4000在哪。

其实4000也好,4001也罢,不过是个数字而已,如果我们走到1那个数字就够得到想要的满足和快乐,那也算是得偿所愿。

不必执着终点,因为我们甚至无法选择起点,我们每个人追求的不过是内心的满足而已,我们若是一味执着,就无法释怀。

我们是个习惯神秘化的和数字化的种族,我们区分单双,崇尚九五,过个海神仙还要八个,落个草还要什么三十六加七十二的数字,生孩子、结婚、开门、上梁什么都要看看时间和日子,什么都想十全十美。

一贯以臭美为己任的老余

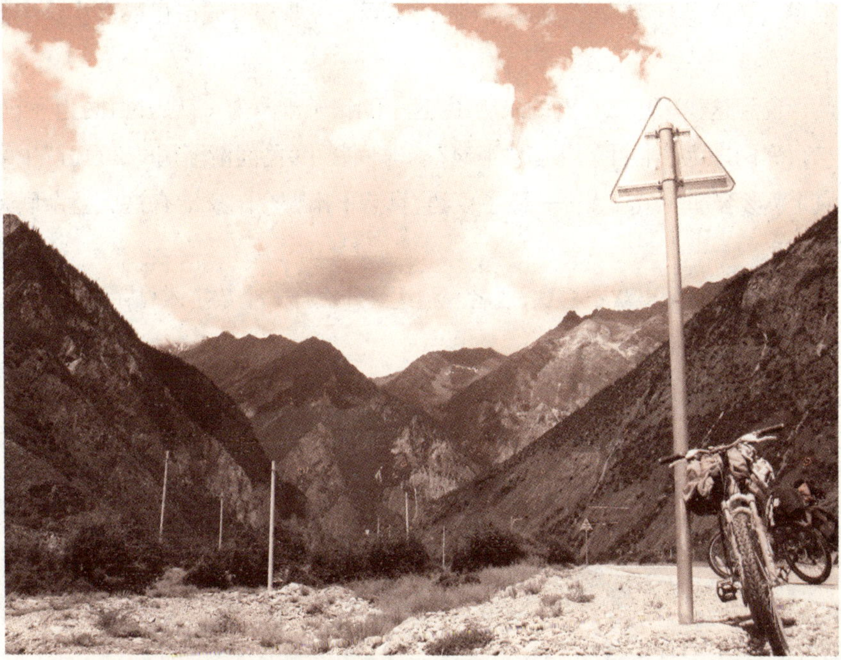

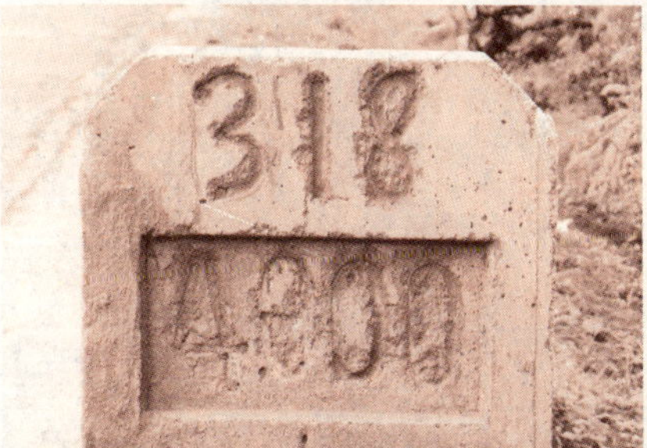
318

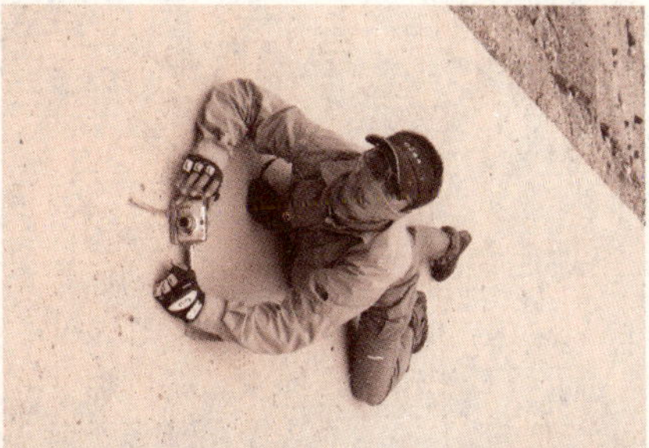

其实数字这东西实在是跟各地的习惯有很大的关系,比如东北,二和三就是侮辱别人智商的数字,而在其他地方就没这么可怕的感情色彩,再比如四是很多人认为谐音为"死"而不吉利,但实际上一些沿海城市还很喜欢这个数字。

说到这我想起二百五的来历了,过去的银子十两为一锭,五百两为一封,二百五两即为"半封",谐音"半疯"。时间长了,民间渐渐用"二百五"(半疯)来形容那些愚蠢人——除了汉语,真想不出哪个国家能有这么复杂联系的语言。

因为数字而喜欢不喜欢,或者一定达到什么样一个数字才算完满。

施主,您着相了。

傍晚时分,波密到了。

今天是整个队伍最后一天在一起骑车,明天我和老谢就要搭车走了,其实天下无不散的宴席,也许人们的分手在意犹未尽的时候才是最完美的结果!

第二十五天　号外篇——九拍

之一　尊敬

有人问我:"你最尊敬的是什么人?"

我沉思良久:大概是为公共厕所绘制标志图的人吧

有些人鲜衣丽服地活了一辈子却是非不辨,黑白不分,而这平凡的画家寥寥几笔竟绘得如此传神,让人决计不会看错。

简单、直接、准确,称他们是圣人也不为过吧。

之二　颜色

窗对面是公用晾衣杆。洁白、脂粉、鹅黄、草绿、水蓝融在一起,阳光下融成了夏的颜色。

风过时,荡漾着、嬉闹着、喧嚣着……

然后,底色渐渐化为一种透明而亮的黑,她们便一个个笑着飞去了,偶尔未走的,在未见朝阳的晨里摇啊摇着,成了操场边偎依一夜的情人们眼中温柔的饰物。

之三　节水龙头

每当我看到节水龙头,作为人的一面,就会被深切地侮辱,刺痛。

一想到人类居然要用冰冷的、自己制造的、毫无感情的机械来维系这个可怜种族的道德指数,而且还要洋洋以自得,乐此而不疲。

我就感到出离的愤怒,自嘲,和哀伤。

之四　雪冢

独自穿过凄冷月色下雪后的广场,四周散落着齐腰高的雪堆。仿佛一座偌大静穆的墓群。我想,每一个雪冢下想必都有一个冰清玉洁绝美而执着的灵魂吧。

于是我立于其间,聆听雪舞飞扬时她们愉快的言语,悠远的叹息,想象着她们与尘俱去的日子,清丽如斯的容颜,追寻我轮回间未曾遗失的记忆。

之五　足迹

窗外是街灯下雪后的路,无数人,无数次走过的路,却只有今天的你留下脚步。

那些个坚定的前行者都未曾刻下自己的足迹,我们却用这浅薄而软弱的东西炫耀我们的经历。

之六　半个苹果

窗台上放着半个苹果,凹口处带着肉质斑驳的浅棕色的诱惑。

一个苹果泛起的是希望的光泽,半个苹果却恶意引你堕落。

之七　涅槃

我说:鸟是鱼变的,第一只有勇气放弃水的鱼变成了飞鸟。

你说:不,第一只有勇气放弃水的鱼死在了岸边,不知是第多少条有勇气放弃水的鱼变成了飞鸟。

我说:我作不了第一个勇者,也变不成飞鸟,但我宁可为飞翔的梦想把尸体留在岸边,为别人做个坐标。

　　你……

之八　春

　　沉醉的春风像纱一样拂过午夜
　　我站在林间
　　嗅着柔柔的泥土味
　　随手折一枝未见绿色的柳枝
　　轻轻抚摩那刚刚唤醒的生命的弹性
　　如同划过我掌心的
　　你温柔的指

之九　无题

　　夜之色
　　如情人之眸
　　才有灵性
　　雪之颜
　　似秋月杨花
　　方觉洗练
　　花之味
　　应含而不露
　　幽而不染
　　以至隽永

第二十六天　伤离别（波密—八一）

8月09日　农历：六月二十七日　星期四
干支：丁亥年　戊申月　乙亥日

　　分别，是为了相聚，即使只是安慰自己，这个愿望也是美好的。

——笔者

　　波密，古称"博窝"，藏文意思为祖先。这里物华天宝、人杰地灵。因其重要的地理位置、丰富的自然资源，历史上的波密曾长期脱离西藏地方政府管理，成为藏东南高度自治的一个独立王国。一部波密古代文明史，便是一部千年藏族部落史。特殊的历史经历造就了波密既不同于康区、又异于工布地区独特的民俗风情。

　　位于西藏东南部，地处念青唐古拉山与喜玛拉雅山交界处的波密县，由于受印度洋西南季风影响，形成了独特亚热带半湿润气候带。它气候温和，雨量充沛，生物繁茂，冬无严寒、夏无酷暑，是典型的江南气候。这里雪山环抱，湖泊迷人，是我国最大的海洋型冰川——卡钦冰川的发源地。整条冰川长达19公里，面积约90平方公里。波密平均海拔4200米，而县城所在地扎木镇的海拔则为2750米，平均气温10摄氏度左右。

　　今天是分别的日子。

　　早上起来的时候，除了那顶满是签名的帽子，我把包裹里所有能用上的东西都给大家分了,然后一群人默默地出去吃了早餐。

很沉闷的早餐。

早餐后,大家集合在波密车站的广场上照了合影,一一拥抱就此道别。

二十多天的朝夕相处,二十多天的风雨高原,二十多天的生死与共,如今就要就此分别。

余老师,我多想再跟你一起唱一遍冬季校园。

阿龙,我们的酒,远远没有喝够。

在相守的时候笑谈分离,在分离的时候,谁能第一个离去。

这段旅程对于人生不过是寻常,如此珍贵是因为有你们在我身旁

当他们六人启动自行车的那一刻,我的眼圈红了,人生能有这样一段历程,本来就是万中无一的经历,而能和这样一个欢乐的集体,和这么多情投意合的兄弟们一起走过这段美丽而艰辛的道路,人生至此,夫复何求。

看着他们离开的背影,我给老余发了条短信:"一个月的川藏,一辈子的兄弟,如果那条路足够长,我愿意和大家走一辈子,不会厌倦……"

兄弟们,我爱死你们了。

老谢和我在广场上转了一圈,打听到了所谓的汽车站,可惜每天一班的到八一的汽车已经没有了,只好回来和几个人拼了辆小面包车。

汽车一路前行,在一处十几米宽的水路面停了下来,过膝深的水里全部都是拳头大的鹅卵石,司机下车看了一下,没在乎,直接冲了过去——旁边的水里栽歪着一辆4500。

真功夫都在民间。

过了水不远,看到小树在水边推着车挣扎,聊了几句,我开玩笑说:"你这水平估计也骑不了多远。"——结果真被我的乌鸦嘴说中。

在一个小村庄看到同伴们懒洋洋地在路边休息,大家相互一挥手,我不由得心头一酸,但是对我而言,骑车走川藏真已经足够了。

朋友们,你们尽兴玩吧。

汽车开出不久就到了排龙天险,全长14公里的排龙天险,位于雅鲁藏布江的主要支流帕隆藏布江一侧。周围遍布雪山河流,山体疏松、脆弱,一遇风雨或冰雪融化,极易发生泥石流和塌方。在这样一条凶险异常的泥土路上,一侧是壁立千仞,另一侧则是悬崖深涧,很多地方仅有一辆货车的宽度,每次过车我都怀疑心要擦到崖壁上……

以至于开完这段路司机都惊得一身冷汗,找了个小溪去好好洗了把脸。更何况我们这些坐车的,真是担惊受怕了一路。

由于小许和阿龙的名字中都有一个龙字,昨天我还跟他们开玩笑说:"昔日有凤雏命陨落凤坡,排龙天险你们可一定要小心。"看来这种担心对他们是多余的,对我才是应该的。

广州是世界上最安全的城市,自行车是世界上最安全的交通工具。

一座大桥直通雅鲁藏布大峡谷,雅鲁藏布大峡谷是地球上最深的峡谷。大峡谷核心无人区河段的峡谷河床上有罕见的四处大瀑布群,其中一些主体瀑布落差都在30—50米。峡谷具有从高山冰雪带到低河谷热带季雨林等9个垂直自然带,麇集了多种生物资源,包括青藏高原已知高等植物种类的2/3,已知哺乳动物的1/2,已知昆虫的4/5,以及中国已知大型真菌的3/5,堪称世界之最。

而雅鲁藏布大峡谷一带最恐怖、最离奇、最耸人听闻的莫过于门巴人的毒。

门巴族,中国少数民族之一。现共有50000人,在我国控制区仅有7475人,其余的生活在印控区。主要聚居在西藏墨脱县和错那县,林芝、察隅等县亦有分布。主要从事农业。擅长编制竹藤器和制作木碗。有自己的语言。

门巴人的家门口上,一般画有一只大蜘蛛,挂在门口的经幡也是黑色的。

门巴族虽然与藏民的生活习惯相近,却信仰巫毒教,据说他们认为,人的美貌、智慧和健康是可以转移的,也就是说,如果毒死了你,你身上的美貌、智慧和健康就转移到他身上了。

不知道现在他们的生活如何,总之想起来多少有点毛骨悚然。

快到八一的时候还出现了个小插曲,同车的女士说她的钱包丢了,大家找了半天,她一直独自坐在前排,没人能靠近,后来分析,应该是几次停车休息的时候掉到车外去了——这个事情只能同情,没有办法。

八一镇是林芝地区政治经济和文化中心,海拔2900米,位于尼洋河畔,距雅鲁藏布与尼洋河交汇处30余公里,距拉萨市400多公里。最初这里只有几座寺庙,几十户人家。1951年西藏和平解放时人民解放军开始在此建设,故得名。八一镇现有人口3.5万,城市建成区面积5平方公里,建筑面积35万平方米,50年代以来,这里先后兴建了毛纺、电力、木材加工、造纸、建材、印刷等行业,目前已是一个设施齐全多功能的新兴城镇。

作为重要的藏东南物资集结与交易中心,八一镇的商业比较兴盛,很多货物都是从拉萨、成都甚至北京、广州、上海等地运来的。八一镇周围各县的手工艺品及各种生产物资也通过八一镇流向全区全国。

我们在八一看到了全国各地的援建建筑。街道也相对很繁华,基本达到了内地三线城镇的规模,最重要的是,20多天了,我们终于看到了红绿灯。

反正也没什么事情,我和老谢在路上四处闲转,每当看到那些福建援建的项目,老谢都拍照留念,扬扬自得。

我很惭愧啊,我们吉林在这真的没什么援建的。

找了个小旅店住下,老谢跟服务员小妹妹沟通,给我们洗衣机用——姜还是老的辣,老谢的魅力就是大啊。

刚洗完衣服就接到小树的短信,她自行车的变速器碎掉了,宣告川藏骑车之行彻底报销——我承认我是乌鸦嘴。

晚上继续和老谢在房间里酗酒的时候,小树赶到了,我们惊讶地问她怎么过来的,她扬扬得意地说,捡了个小棍在路边画圈,有司机看她可怜就把她带到八一了。

于是照例一边喝酒一边胡说了一阵,她给我们讲述了第一次来西藏的遭遇,讲述了她对西藏奇异的感觉,讲述了她向门巴马队讨水喝的惊心动魄的经历,讲述了原本以为骑自行车很简单,结果一路受苦的趣事。

有多少来到西藏的人,就有多少不同的故事。

深夜,她的朋友来接她,我送她下楼,就此告别。

川藏线上遇到了这么多形形色色的人,大家有一个共性,那就是友善,也许在这里大家能够把一些平时的伪装剥净,虽然说不上是赤诚相待,但至少人与人之间的那种随和和善意是远远多于我们在内地所见的陌生人。

　　回到房间,老谢已是呼声震天。

第二十六天　号外篇——无脚鸟

我是一只无脚鸟
生来就注定要飞翔
注定只有一个方向
长大的时候
我才知道
我和他们有不同
他们有
坚实的土地
摇曳的柳枝
丰腴的果实
高贵的梧桐
而我的朋友
只有风
我睁开眼
就在风中
没有
庇护的羽翼
没有
天赐的才情

只有敞开了的胸膛面对长空
享受雨雪的放肆
倾听雷电的轰鸣
沐浴烈日的炙热
拥抱绚丽的霓虹
但我快乐
因为我见到过
那么多风景
我常见到精灵
他们在月夜里起舞
我心醉于她们的美丽
她惊讶于我的匆匆
然而我的美丽只存在于心中
片刻的留恋忘形
就会坠落如星
我只有奋力飞向无穷
直到耗尽最后的生命
我是一只无脚鸟
生来就注定要飞翔
既然注定要死去
就一定要死在云上

第二十七天　终点　八一拉萨

8月10日　农历:六月二十八日　星期五
干支:丁亥年　戊申月　丙子日

>世界上最难的不是骑车远行,而是在该停下来的地方停住脚步。

>——笔者

由于是坐车,所以睡个懒觉是不可避免的。我和老谢接近中午才去了汽车站,一路晃晃悠悠地到了拉萨,其实路上的风景真的很一般。

有一句说得很俗的话,那就是重要的不是路上的风景,而是陪你一起看风景的人。

人生就是这样,相互温暖的人在一起,即使粗茶淡饭也好似龙肝凤髓,即便大漠戈壁也若看江南三月。

没了黑不溜秋的阿龙、兢兢业业的老唐、柔情似水的老余、傻傻呆呆的小白……我和老谢透过车窗看到的一切都是索然无味。

一路无话,傍晚时分到了拉萨。

拉萨市总面积近3万平方公里,市区面积59平方公里。全市总人口近55万,其中市区人口近27万,有藏、汉、回等31个民族,藏族人口占87%。拉萨市区地处河谷冲积平原,是世界上海拔最高的城市之一。地势由东向西倾斜,气候属高原温带半干旱季风气候区。年日照时数3000小时以上,故有"日光城"美称。

拉萨街头

　　"拉萨"在藏语中为"圣地"或"佛地"之意,长期以来就是西藏政治、经济、文化、宗教的中心,金碧辉煌、雄伟壮丽的布达拉宫,是至高无上政教合一政权的象征。早在公元七世纪,松赞干布兼并邻近部落、统一西藏后,就从雅隆迁都逻娑(即今拉萨),建立吐蕃王朝。

　　拉萨古称"惹萨",藏语"山羊"称"惹","土"称"萨",相传公元七世纪唐朝文成公主嫁到吐蕃时,这里还是一片荒草沙滩,后为建造大昭寺和小昭寺用山羊背土填卧塘,寺庙建好后,传教僧人和前来朝佛的人增多,围绕大昭寺周围便先后建起了不少旅店和居民房屋,形成了以大昭寺为中心的旧城区雏形。同时松赞干布又在红山扩建宫室(即今布达拉宫),于是,拉萨河谷平原上宫殿陆续兴建,显赫中外的高原名城从此形成。"惹萨"也逐渐变成了人们心中的"圣地"。

和老谢从车顶取下了车子,慢慢穿过拉萨的街道,心中不免有些怅然,我们曾无数次地畅想拉萨,畅想如何在拉萨欢呼雀跃,现在真的到达了这里,却感觉心底空落落的。

获得,其实就是一种失去。

公牛队主帅菲尔·杰克逊入职后,他的小儿子满足了一直以来最大的愿望——见迈克尔·乔丹一面,晚上回家的时候,菲尔·杰克逊惊异地发现这个小小的孩子正在安静的沉思,问他怎么了,孩子说:"我不知道我人生的意义在哪里了。"

布达拉宫门前虔诚的人们

有无相生,难易相成,长短相形,高下相盈,音声相和,前后相随。恒也。
当我们获得了目标,就失去了冲向目标的热情和勇气。

而更为可笑的是,我们追求的东西,未必就是我们最需要的,就像人生,我们每天都向着死亡飞奔,而真正有价值的,是我们这一路的经历和回忆。

拉萨毫无特色的县城般的街道,与之前的冰川、雪山、草原、飞瀑、湖泊相比,实在是无趣之极,你拥有过"清水出芙蓉,天然去雕饰"的美丽,这些胭脂俗粉又怎么能入得了眼?所以走进拉萨的第一个想法,就是尽快逃离。

你好!布达拉宫!

我厌倦了。

住在老谢朋友的酒店,也是这一个月来第一个带洗手间并且可以洗澡的酒店,我对生活的要求一向很简单,衣食住行而已。

酒店里有免费的网络和电脑可以使用,我翻阅了这个月网络上的新闻,恍若隔世,可又有一种奇怪的感觉——这个月我们与世隔绝,没有报纸、没有电视、没有网络,但我居然没有觉得任何的脱节,或

者说，我根本找不到与一个月前有任何相关的信息。

  我们这个世界走得太快，我们的思想都由媒体操控着，媒体告诉你什么是对错，什么是好坏，什么该纪念，什么该忘记，什么该哭泣，什么该愤慨。
  我们每天接受的信息量太大，我们没有精力和时间去处理、分辨和思考，所以我们的是非观和关注点都是媒体事先准备好的。
  一个人、一件事在媒体的操控下也许一个星期就会尽人皆知，也可能一个小时就被遗忘掉。
  这就是我们的世界。
  所以在社会生活这部肥皂剧中，没有所谓的高潮和低谷，你从哪集看起都不会错过你想要的情节。
  Welcome to the real world。

  吃罢晚饭，我和老谢步行去了布达拉宫的广场，夜晚的广场满是游客和闲逛的本地人，布达拉宫在灯光刻意的布置下显得神秘而雄壮。
  无论什么伟大的成就，不粉饰就不能引领盲目的我们顶礼膜拜。
  我遥想千年之前的布达拉宫的夜晚，仓央嘉措此刻应已经从角门偷偷地溜了出来，混迹在欢快的人群中，且歌且舞，且饮且唱。

> 住进布达拉宫，
> 我是雪域最大的王。
> 流浪在拉萨街头，
> 我是世间最美的情郎。
>
> ——仓央嘉措

  心如止水，归心似箭。

第二十七天　号外篇——我是一条严冬的河

我是一条严冬的河

河面是坚冰

冰下是血性

你若靠近我

一定看得到我奔流的热情

我是河畔的一块顽石

我看着同伴

在生活的水里

被

磨平

我只有咬定河畔的劲松

若不慎落水

即使化为齑粉

请让我

棱角分明

我是石缝中的一株蒿草

我没有姓名
我没吻过远方的风景
只能思索
只能聆听
只是蜻蜓歇脚的驿站
只能在风中
等待自己的枯荣

我是小草上的一滴晨露
晨来了
我便要走了
我并不觉得辜负自己的生命
我在黑暗中诞生
但我
见到过光明

第二十八天　不过如此　拉萨

8月11日　农历:六月二十九日　星期六
干支:丁亥年　戊申月　丁丑日

不过如此。

——笔者

早晨起来,我和老谢梳洗停当,第一个目标就是去布达拉宫合影——这也是所有来到拉萨的人必做的保留节目,足见我们都是虚荣的形式主义的产物。

广场上一字排开的,是五体投地的信徒,我们小心翼翼地找了个角度,算是完成了川藏线能够作为总结可以拿回去、等到自己走不动的时候给孙子们炫耀的一张照片——前提是到时候有孙子。

不过布达拉宫是不去了,因为据说每天限制进入人数所以要排队,黄牛党把当天的票已经炒到了 600 元一张——如果说拉萨是什么人的乐园,那肯定是票贩了了,因为当你急十进入旅游景点,急于用任何一种交通工具离开的时候,你就是他们砧板上的一条黄鳝。

看着广场上人头攒动的信徒和游客,我有一种强烈的不真实感,因为这些天,我习惯了每天在公路上看到不超过二十辆车、不超过十张新面孔的生活;而我看到那些兴高采烈的游客的时候,先是从心底流露出一种怜悯——你们以为拉萨就能代表西藏吗?

继而我的心底涌起一种自嘲的释然,其实,我们看到得越少,知道得越少,我们的欲望就越小,越容易快乐。

人类最简单的快乐,是建立在无知上的。

和老谢一路骑车回来,在酒店里与他的老乡坐下喝茶,他的老乡给我们描述参加高原马拉松和开车去无人区的乐趣,我们听得津津有味,却毫不向往——你刚吃了一斤红烧肉,即使给你上条龙虾你也不会有胃口。

下午的阳光很强烈,而酒店门口就是大名鼎鼎的八角街和大昭寺,不可不去。

和老谢在挂满稀奇古怪的小东西的摊位前转来转去,讨价还价买了一些小东西,作为回去给孩子们的纪念品。其实这里卖的一些东西和内地旅游景点的也没什么区别,不过是图个新鲜罢了。

直行过去就是大昭寺。

大昭寺始建于 7 世纪吐蕃王朝的鼎盛时期,建造的目的据传说是为了供奉一尊明久多吉佛像,即释迦牟尼 8 岁等身像。该佛像是当时的吐蕃王松赞干布迎娶的尼泊尔尺尊公主从加德满都带来的。之后寺院经历代扩建,目前占地 25100 余平方米。值得一提的是,现在大昭寺内供奉的是文成公主从大唐长安带去的释迦牟尼 12 岁等身像。而尼泊尔尺尊公主带去的 8 岁等身像于八世纪被转供奉在小昭寺。

藏族人民有"先有大昭寺,后有拉萨城"之说,大昭寺在拉萨市具有中心地位,不仅是地理位置上的,也是社会生活层面的。环大昭寺内中心的释迦牟尼佛殿一圈称为"囊廓",环大昭寺外墙一圈称为"八廓",大昭寺外辐射出的街道叫"八廓街",即八角街。以大昭寺为中心,将布达拉宫、药王山、小昭寺包括进来的一大圈称为"林廓"。这从内到外的三个环型,便是藏民们行转经仪式的路线。

大昭寺是西藏现存最辉煌的吐蕃时期的建筑,也是西藏现存最古老的土木结构建筑,开创了藏式平川式的寺庙布局规式。大昭寺融合了藏、唐、尼泊尔、印度的建筑风格,成为藏式宗教建筑的千古典范。 大昭寺的布局方位与汉地佛教的寺院不同,其主殿是坐东面西的。主殿高四层,两侧列有配殿,布局结构上再现了佛教中曼陀罗坛城的宇宙理想模式。寺院内的佛殿主要有释迦牟尼殿、宗喀巴大师殿、松赞干布殿、班旦拉姆殿(格鲁派的护法神)、神羊热姆杰姆殿、藏王殿等等。寺内各种木雕、壁画精美绝伦,在藏传佛教中拥有至高无上的地位。

大昭寺建造时曾以山羊驮土,因而最初的佛殿曾被命名为 "羊土神变寺"。1409年,格鲁教派创始人宗喀巴大师为歌颂释迦牟尼的功德,召集藏传佛教各派僧众,在寺院举行了传昭大法会,后寺院改名为大昭寺。

西藏的寺院多数归属于某一藏传佛教教派,而大昭寺则是各教派共尊的神圣寺院。西藏政教合一之后,"噶厦"的政府机构也设在大昭寺内。活佛转世的"金瓶掣签"仪式历来在大昭寺进行,1995年,确定十世班禅转世灵童的金瓶掣签仪式也是在这里举行的。

在大昭寺门口遇到一群风尘仆仆的藏传佛教僧侣,一问之下方知是来自青海,全程步行了一个多月,今天早上才到达就来礼佛。

再看看这些不同年龄衣着的善男信女,当信仰融入你的生活,也许生活的苦难也就变得无足轻重了。

出了大昭寺,我和老谢去了火车站把自行车托运掉,一路回来听司机说才知道原来过几天就是大名鼎鼎的雪顿节。

每年藏历六月底七月初,是西藏传统的雪顿节。在藏语中,"雪"是酸奶子的意思,"顿"是"吃"、"宴"的意思,雪顿节按藏语解释就是吃酸奶子的节日,因此又叫"酸奶节"。因为雪顿节期间有隆重热烈的藏戏演出和规模盛大的晒佛仪式,所以有人也称之为"藏戏节""展佛节"。传统的雪顿节以展佛为序幕,以演藏戏看藏戏、群众游园为主要内容,同时还有精彩的赛牦牛和马术表演等。

节日活动的中心在拉萨西郊的罗布林卡。这里从前是西藏地方政教首领达赖喇嘛的夏日园林。节日来临，罗布林卡以及周围的树林里，一夜之间便会涌现一座色彩鲜艳的帐篷城市，还形成几条热闹繁华的节

虔诚的藏传佛教僧侣

日市街，几乎整个拉萨城都搬进了这片绿色天地，所有的人都在歌声舞蹈中过着野外生活，深沉热烈的歌声伴着高原特有的乐器在树影里传播，这是拉萨人最有活力的日子。

安顿完自行车，一身轻松的我们回到酒店，成都至拉萨的旅程就此告一段落，如果说还有什么遗憾的话，就是这一路上酒喝得不够多，歌唱得不够响，和朋友们相聚得不够长。

因为有遗憾，所以我们的旅程才那么的可贵。

明天早上，如果你看到拉萨火车站在拿着大包小包等候上车的人群中，有两个一高一矮、一胖一瘦各扛着一箱啤酒的两个人，就是我和老谢。

第二十八天　号外篇——如果你到了那里

如果你到了那里

请代我捉一缕风

用你的手拂平

写在纸上

读给我听

我要听

那几千年来经轮的转动

和圣殿屋角的金铃

青稞酒,酥油茶

神灵化作的山河　湖泊

和你在家乡数过的星星

请带我问候红墙下的那株小草

她聆听了几千年的颂经声

早已成了岁月的精灵

2005年写给一个即将去西藏的偶然相识的朋友。

尾 声

　　回到家乡若干天后的一天,我去火车站货运处取回了自己的自行车,这位伴着我骑行了两千多公里、爬了十几座高山、行驶过一个月的险阻的朋友,一路上坚强可靠,在我无数次崩溃的时候,他从来没有抱怨和放弃过,而我一路

我

上呵护他连块漆皮都没有舍得磕破,可是在伟大的铁路部门运输过程中被撞得惨不忍睹。

回家的路上,我沿着松花江的环江公路慢慢地骑行,一路平坦,没有悬崖,没有落石,也没有搓衣板路。自行车的座位还停留在骑长途的高度上,我轻轻一用力,车子便轻快地前行。

我忽然热泪盈眶,这才是生活。

成都到拉萨是不是 2142 公里其实不重要,我骑行了多远也不重要,只是数字而已,如果你家的沙发恰好是 214.2 毫米高,你从上面一跃而下就能获得、达到或者超越我们的满足和愉悦,那么你的行为的意义也就达到或超越了骑行川藏线。

人心底的东西是永远不会改变的,指望我们的某一次旅行就能改变自己的性格和人生,这是幼稚和自欺欺人的行为。

一位朋友曾经说过,人要学会感激,感激你能获得的一切;感激即使不能理解你,却支持你的人;感激一切困难和快乐,因为总有一天你会明白,忙于奔向死亡的我们必然一事无成。而当往昔的岁月成为记忆的时候,那就是我们在这个世界上唯一能够真正拥有的东西。

以前我不明白,最近才渐渐明白了。其实我一直在抱怨,在讽刺,在鄙夷,在愤怒。一直都没有学会感激、理解、宽容和自我牺牲。其实我不过是这个貌似光明公正的自私虚伪的世界上一个普通的自私虚伪的混蛋罢了。不比谁高尚,也不会比谁卑微。

我们都是在这个世界上跋涉的孤独的行者,一路失去,一路获得,我们会做一些对的、一些错的,或者一些莫名其妙的选择,我们想要做一些事情,可能经过一个无法控制的过程,获得一个无法预知的结果,这就是人生,我们就是普通的人类。

而无论我们要在岁月里走多远,能够温暖我们的,永远是自己的朋友、亲人、爱人宽容的心灵。

行万里江山,不如爱人一个拥抱。